ein Ullstein Buch

Lothar-Günther Buchheim

Tage und Nächte
steigen aus dem Strom

Eine Donaufahrt

Mit 23 Zeichnungen des Autors
und einem Vorwort von Georg Lentz

ein Ullstein Buch

ein Ullstein Buch
Nr. 22190
im Verlag Ullstein GmbH,
Frankfurt/M – Berlin

Neu durchgesehene und
erweiterte Ausgabe
der Auflage von 1979

Umschlagentwurf:
Theodor Bayer-Eynck
Illustration:
Lothar-Günther Buchheim
(Entwurf für die
Originalausgabe 1941)
Alle Rechte vorbehalten
Taschenbuchausgabe mit
Genehmigung
der Albert Langen – Georg Müller
Verlag GmbH, München · Wien
© by Albert Langen – Georg Müller
Verlag GmbH, München · Wien
Druck und Verarbeitung:
Ebner Ulm
ISBN 3 548 22190 4

November 1989

Vom selben Autor
in der Reihe
der Ullstein Bücher:

Das Segelschiff (22096)

CIP-Titelaufnahme
der Deutschen Bibliothek

Buchheim, Lothar-Günther:
Tage und Nächte steigen aus dem
Strom: eine Donaufahrt /
Lothar-Günther Buchheim. Mit e.
Vorw. von Georg Lentz. – Neu
durchges. u. erw. Ausg. –
Frankfurt/M; Berlin: Ullstein, 1989
　　(Ullstein-Buch; Nr. 22190)
　　ISBN 3-548-22190-4
NE: GT

Inhalt

Vorwort

Er lebt zwischen Flaschenschiffen, Seefahrernippes und aus allen Ländern zusammengetragener Sammlerbeute am Starnberger See, leibesmächtig wie ein Schauermann von der alten Sorte. Sein Erfolgsroman über den U-Boot-Krieg, »Das Boot«, blies frischen Wind in die literarische Szene. Sein Debüt als Autor allerdings, wenige wissen es, liegt Jahrzehnte zurück. 1941 erschien bei S. Fischer Buchheims erster Roman, »Tage und Nächte steigen aus dem Strom«. Die Geschichte einer Paddelboot-Reise die Donau hinab, bis zum Schwarzen Meer. Als Neuausgabe liegt nun das Buch hier vor.

Der Anlaß ist – wieder – aktuell. Damals erlebte das Buch mehrere Auflagen, weil die Geschichte jenes Knaben, der im Zeitalter der Massen-Reichsparteitage und der Kraft-durch-Freude-Reisen allein in einem Boot sich dem Strom anvertraut, alle jene faszinierte, die eine heimliche Sehnsucht hegten, sich vorm Gleichschritt-Dröhnen der Nagelstiefel zu drücken. Es waren, wir wissen es, viele Tausende.

Einer erkannte, daß es diese Leser für den Erstling des jungen Autors Buchheim gab: S. Fischers

Lektor Oskar Loerke, ein »stiller Großer« in der Verlagslandschaft (und gefeierter Dichter dazu).

Nun, nach so langer Zeit, soll es wiederum Gründe geben, dieses Buch zu lesen? Wieso denn?

Weil in unserer Welt aus Sichtbeton und stählernen Gitterturm-Netzen Buchheim ein Fenster aufstößt. Der Blick geht hinaus auf so viel Grün, so viel Landschaft, daß wir ganz betroffen sind: Konnten wir wirklich so blöd sein, so blind, so stumpfsinnig, so leicht verführt, uns das alles zu verschütten? Jener wilde Strom, der das Boot des Paddlers trägt, ist er noch derselbe? Träger fließt die Donau jetzt, von Staustufen gebändigt, brutal zerteilen Türme von Hydrierwerken den Himmel.

So lange, merkt der Leser betroffen, ist es gar nicht her, als alles noch schön und heil war. Einem ist gelungen, das einzufangen. (Schnell noch.) Heute wirkt, was der Abenteuer-Reisende spontan niederschrieb und voll Unschuld an den besten deutschen Verlag schickte, wie ein Blitzschlag. Das Dunkel reißt auf, wir sehen, was wirklich ist. Und wir sehen auch, was gewesen ist. Unverändert erscheint die Neuausgabe. Mit wie wenigen Büchern aus jener Zeit ist das möglich!

Es gibt Kunstwerke, bei deren Anblick wir spüren, wie Ruhe in uns einzieht. Sisleys kleines Gemälde »Straße nach Monteuil an einem Wintermorgen« ist so ein Kunstwerk, viele werden wissen, wovon ich spreche.

Wenn ich in »Tage und Nächte steigen aus dem Strom« lese, geht es mir ebenso. Läßt sich Besseres von einem Buch sagen?

Georg Lentz

Donauabwärts
treibt mein Boot

Ich bin wieder auf einem Strom!
Ich tauche meine Hände über die Süllränder, lasse das Wasser kühlend an den Pulsen hochsteigen und spüre den sanften Druck, mit dem es durch die Finger rinnt.
Donauabwärts treibt mein Boot.
Auf ein paar auslaufenden Dampferwellen tut es wie ein ungebändigtes Fohlen die ersten schwerfälligen Hupfer: Es steigt hoch, schiebt auf dem Wellenberg den Bug ein wenig vor, verharrt so eine Weile und staucht dann wieder hinab: »Patsch – patsch – patsch ...«
Bei den ersten kräftigen Schlägen merke ich, daß mein »Stups« gar nicht recht laufen will und nur träge und widerwillig wie eine schwerfällige Bugsierbarkasse dem Steuerdruck gehorcht.
Kein Wunder, ist doch die Ausrüstung für eine mehrmonatige Fahrt in Bug und Heck gestaut, und auch das Mittelschiff ist fast gestrichen voll, so daß ich Mühe habe, meine langen Beine unterzubringen.
Da ist der ganze Fahrten- und Kulturkrempel, das kleine Bergsteigerzelt, Angelgeräte, der Boots-

wagen, Beil und Zeltlampe, Malzeug, Fotoapparat, mein Benzinkocher, der trotz vieler gehässiger Prophezeiungen noch immer nicht in die Luft gegangen ist, Reparaturkästchen, die Bootsapotheke, meine Lederhosen – meine lieben Speckjäger – und meine Landausgehpanten, zwiegenäht und dem Gang eine eindrucksvolle, breitspurige Schwere gebend.

Zwischen meinen Waden liegt zur Zeit ein großer hellgrüner Kohlkopf in kunterbuntem Durcheinander mit ziegelroten Möhren, violetten Kohlrabis und rotblanken Äpfeln.

In den Tresoren der aufblasbaren, festgebundenen Luftbeutel stecken die behördlichen und wertbeständigen Papiere, die Ausweise, der Paß mit den Visa, Triptiques, Kreditbriefe. – Ja, nur so mit Fernsüchten ist es eben leider nicht mehr getan.

Wo ich denn eigentlich hin will, möchtest du wissen?

Ganz genau weiß ich das noch nicht. In meiner Kartentasche steckt außer einer Stromkarte der Donau nur eine aus meinem alten Schulatlas herausgerissene Seite »Balkanstaaten«. Ich fahre also auf den Balkan – nach Südosteuropa.

Ich habe allerlei Vorstellungen von starkem Kaffee, Steppenvieh, Paprika, Wasserpfeife, Allah-ist-groß, Zigeunermusik, Ferkel am Spieß, Rosenfeldern, halbwilden Gebieten und hypermodernen Hochhäusern zwischen patriarchalischen Holzhütten –, und nun will ich einmal nachschauen, was es damit auf sich hat.

Einen fest bestimmten Plan habe ich nicht, weil es ja doch meistens anders kommt. Vorläufig kann ich mich auf der Donau jedenfalls nicht verlaufen, und dann wird sich das Mögliche schon scheiden vom Unmöglichen, – man soll nicht so viel denken, denn »Pferde haben große Köpfe«, sagt mein Bruder Klaus.

Eigentlich sollte ich ja etwas Großartigeres beginnen, eine handfeste Sache mit Wasser-Sparen, Flaggen-Hissen, Chinin-Schlucken und Kurz-vorm-Ende. – So aber kann ich an extravaganten Begleiterscheinungen nur meinen Mangel an pekuniärem Überfluß ins Feld führen.

Die Sonne kleckst helle Kringel auf den Strom, mit denen die Wellen jonglieren, daß es nur so flimmert und blitzt. – Und die Wolken am ultramarinblauen Himmel plustern sich auf wie Spatzen, die im Sand baden.

Mit regelmäßigen, fördernden Schlägen ziehe ich das Paddel durch das olivgrüne Wasser der »blauen Donau«, daß die Tropfen von den wechselseitig im Halbkreis durch die Luft schneidenden Paddelblättern in blitzenden Bögen in den Strom zurückfallen.

Wenn du so an mir hochschaust, wirst du sicher bemerken, daß ich mich dem Balkan schon ganz gut angepaßt habe. Seit vier Tagen bin ich nicht rasiert, gegen die Sonne habe ich ein schreiend buntes Handtuch um die Schultern geschlagen, und auf dem Kopf trage ich einen wilden, ausgebleichten Rinaldo-Rinaldini-Sombrero, der schon die Pampas Südamerikas gesehen hat, – daß er damals nicht auf meinem Kopf saß, muß der Ehrlichkeit halber gesagt werden.

Waller steigen aus dem Strom auf und drängen mich aus dem Kurs. Das ist jedesmal, als wolle sich ein See-Elefant aus der Tiefe erheben, der es sich aber vor dem Auftauchen doch noch anders überlegt. Das Wasser gurgelt an einer Stelle bedrohlich brodelnd auf, daß man vor den unter der Oberfläche verborgenen Kräften erschrickt, dann läuft es aber scheinheilig gruhmelnd breit, ohne daß sonst noch etwas geschieht. – Einmal hier, einmal da. Und mein Boot treibt nach links und dann wieder nach rechts. Der Wind dreht es quer, und ein neuer Tellerwirbel drückt es vollends herum, daß ich rückwärts den Strom hinabgleite. – Nun habe ich die Sonne von vorn. –

Mit dem ganzen Körper fühle ich das Gleiten, Wiegen und Strömen des Wassers, ich fühle, wie es sich an meinen Borden reibt, wie es drängt, wie es mit seinen verborgenen Kräften spielt, wie es jäh ist und weich, rauh und geschmeidig, wie es aufbegehrt und eingelullt und gefügig dahin-strömt. Jede Welle, jedes noch so kleine Zittern des schlanken Bootes teilt sich mir mit. Ich spüre jede Regung des Stromes. Meine Nerven sind nun nicht mehr an der Hautoberfläche zu Ende, son-dern setzen sich fort durch die Spanten und Stäbe bis in die Gummihaut.

Ich bin nun ein Amphibium, halb dem Wasser hörig und halb dem Land, an dem mich der Strom vorüberträgt.

Ein Kruzifix steht am Ufer mit ein paar Sträußen vertrockneter Blumen darunter. Blaugelb und rot gestrichene Bienenkörbe leuchten im satten Grün der Sommerwiesen, und neben einem Steinbruch, der eine breite Wunde in den Wald-hang gefressen hat, liegen halbfertige, zum Holz-transport bestimmte Kähne auf einer Zimmer-mannswerft.

Vor mir liegt die Stromkarte: Wien–Giurgiu: 1437 Kilometer und Passau–Wien: 298 Kilome-ter, insgesamt also 1735 Kilometer bis Giurgiu in Rumänien. – Da wird es Schwielen an den Hän-den geben!

Ganz im Vertrauen gesagt: Ich will ins Schwarze Meer, wenn sich das machen läßt. Und dann wird sich schon ein Steamschiff finden, das mich nach Istanbul plünnt, nach Haifa oder sonstwohin.

Der Tag ist sündhaft schön. Die Donau macht hier gute Fahrt, und ich lasse mich treiben. Unter der Krempe meines breiten Hutes hervor blicke ich über die dicht bewaldeten Uferhänge, die manchmal ganz oben am Saum der Hochebene ein flach hingeducktes, von ein paar hellen Feldern umgebenes Dorf zeigen, hin und wieder auch so weit vom Strom zurücktreten, daß eine weiße, zwiebeltürmige Kirche mit ein paar wachsam hellen Häusern zwischen schmalen Feldern Platz hat.

Manchmal legt sich der Donau ein breiter, klobiger Rücken quer vor den Weg, und ich weiß eine Weile nicht, ob das Wasser rechts oder links weiterströmen wird.

Die Sonne wird nun allmählich hagebuttenrot und steht nur noch ein paar Finger breit über dem Horizont. Ohne Paddelschlag leise in den warmen Abend treibend, schaue ich eine gute Weile ins Himmelsblau, in dem große, weiß aufgetakelte Wolken ganz still herumliegen, wie die Getreidesegler, wenn sie in die Roßbreiten kommen.

Mein Bugwimpel streicht langsam über die Landschaft hin, über die Strombreite und am anderen Ufer hinauf, bis er weiterdrehend wieder vor dem sonnengleißenden Strom steht. Treiben! Schauen, Wiegen, Treiben! Das Maß der Zeit weicht vor dieser tiefen, beglückenden Seligkeit.

Kurz vor der Schlögener Schleife dränge ich mein Boot ans Land, weil ich mir in den Bauernhäusern, die mit weißgekachelten Wänden zwischen dem Grün der Obstbäume hervorleuchten, Proviant kaufen will.

Vor dem Hause schichtet ein alter, krummbuckliger Bauer mit müden langsamen Bewegungen Ziegel im Backofen. Da wird nun morgen Brot gebacken, braunes aufgeschrundetes Bauernbrot voller Duft und Herbheit, auf das man erst mit dem Messer den alten Brotsegen ritzen muß, eh man es anrührt.

Die Bauernstube ist breit und niedrig und weiß gekalkt mit ein paar braunen Balken an der Decke. Nichts steht darin als ein klobiger Herd mit gesprungenen Kacheln, ein großer, hellgelb gescheuerter, tief zerfurchter Tisch und Wandbänke in der Ecke. Darüber wohnt eine kleine, buntbemalte Muttergottes hinter ausgedörrten Kiefernzweigen und bunten Jahrmarktsblumen. Ein flachsblonder Bub sitzt mit hochgezogenen Füßen auf der Bank. Er hat eine Schnur in der Hand, die an den Griff eines alten Korbkinderwagens gebunden ist. Abwechselnd zieht er ihn mit der Schnur heran und stößt ihn mit dem Fuß wieder fort. So bringt er das kleine Schwesterchen zum Schlafen, während ein anderer kleiner Kerl mit naßgelecktem Finger Brotkrumen von der Tischplatte tupft.

Der zahnlose Mund der weißhaarigen Bäuerin bewegt sich ununterbrochen. Mit mißtrauischer Neugier schaut sie mich von der Herdecke über die Schulter an, ehe sie mir von draußen aus einem alten Faß Most holt, Eier, Butter und schwarzgeräucherten Speck.

Da es schon Abend ist und die Bäuerin mir die Kartoffeln kochen will, weil sie meint, daß ich sie doch nicht roh essen könne und im Ofen sowieso Feuer wäre, schlage ich mein Zelt in der Wiese vor dem Hause auf.

Der Abend bringt keine Kühlung. Schwer atmet das Land in der drängenden Schwüle. Ein dumpfer Druck erfüllt die Luft.

Als die Bäuerin wieder herunterkommt, um sich meine Sachen anzuschauen, ist der Himmel stromauf schon stählern blau geworden, und die Bäuerin meint, mit erhobenem Kopf wie ein Hund nach allen Seiten witternd, das gäbe noch ein tüchtiges Wetter.

Über die Waldberge hat sich ein Streifen brandiges Rot gelegt.

Eine Spannung ohnegleichen liegt in der Luft. Im Stall brüllt eine Kuh. Aus den Bäumen fliegt hin und wieder ein Vogel auf, flattert verstört ein wenig herum und sucht ganz tief drinnen in der Krone Schutz.

Nun wird auf einmal alles Grün viel grüner: die Wiesen, die Bäume, die bewaldeten Uferhänge, – vor allem aber die Wiesen. Die Bauernhäuser stehen nun viel zu weiß und ganz beziehungslos im seltsam giftigen Grün.

Ich laufe schnell zum Boot, trage es auf das hohe Ufer und lege es kieloben in die Wiese. Dann packe ich in aller Eile die verstreuten Sachen zusammen und berge sie im Zelt. Schnell schlage ich noch die Heringe tiefer und straffe die Zeltleinen. – Über den jenseitigen Talhängen wettert es schon, und auch stromab zuckt weißliche Helle über den Himmel.

Ein Knäuel dunklen Gewölks drängt sich das Tal herauf, seine Ränder werden zusehends schwefliger. Es ist, als wollten die mißfarbigen Wolkentiere die Talwände auseinandertreiben.

Das letzte Licht der Sonne verlischt. – Plötzlich fährt eine Gänsehaut über den Strom, und nun saust der Wind in heulenden Zügen über die Wiese hin, das Gras wie mit einer Walze niederdrückend. Eine kurze Weile läßt er ab, dann nimmt er neuen Anlauf und jagt in ungezügelter Tollheit hin und her, als wüßte er nicht, wo er seine Kraft auslassen soll. Da findet er mein Zelt und wirft sich krachend dagegen, daß es mir die

Eingangsklappe ins Gesicht schlägt. Er zerrt an den Leinen und wird, vom Widerstand gereizt, immer toller, er faucht, stöhnt, jubelt, orgelt, heult, und dann lauscht er wieder einen Augenblick seinem eigenen Getöse nach.

Da erschüttert auch der erste Donnerschlag die Luft, und bald ist der Himmel eine große Kesselpauke, über die Pflastersteine gewürfelt werden. Irgendwo in der Nähe schlägt es ein. Luft und Erde zittern. Jeder Blitz wird sichtbar durch das dünne Zelttuch.

Nun klatschen die ersten scharfen Tropfen gegen die Zeltbahn. Die Himmelsschleusen öffnen sich. In schrägen Würfen treibt der Wind die Güsse vor sich her und knallt sie prasselnd ans Zelt.

Da liege ich nun in meinem Schlafsack und bin der Petroleumlampe dankbar, die einen guten, tröstlichen Schein gibt. Ganz fest schmiege ich mich an die Erde wie ein geducktes Tier und spüre auf einmal die Angst der Kreatur.

Der Regen schwillt an und ebbt ab, bis er allmählich einen beständigen Ton findet und die ganze Nacht so weiterrauscht.

Fahl und verwischt, mit schweren Nebelschleiern behängt, steigt der neue Tag aus dem Strom. Das Land trieft noch.

Ein Schleppzug wühlt sich schon rumpelnd und qualmend mit zwei tiefliegenden Kähnen am Seil talwärts.

Aus den Gehöften steigt Rauch auf. Es muß noch sehr früh sein. Meine Uhr steht seit fünf Tagen. Wozu brauche ich auch eine Uhr? Wenn die Sonne aufs Zelt brennt, wache ich auf. Der Hunger zeigt mir den Mittag an, und wenn ich müde bin, gehe ich an Land. Und wenn ich eine Weile am dunklen Strom gesessen habe und meinem Bug vorausgeträumt habe, krieche ich in den Schlafsack.

Doch ehe ich das Zelt zusammenschlagen und das Boot fertigpacken konnte, ist die Sonne schon über den Dunst Herr geworden und sticht breite Bahnen flutenden Lichtes über die Waldberge herab, so daß nur noch der gegenüberliegende Hang im Schatten bleibt.

Grün leuchtet der Strom auf und blitzt die Strahlen der Morgensonne mit kleinen kurzen Wellen zurück, so daß er glänzt wie mit Silber beschlagen.

Nun springe ich ein paarmal, so hoch es nur geht, werfe die Arme um mich, als sollten sie davonfliegen, und renne über den Uferkies ins morgenkühle Wasser, das aufschäumend über mir zusammenschlägt.

Ein gutes Stück schwimme ich unter Wasser

ganz dicht am Grunde hin, so daß ich alle die be-
moosten Steine sehen kann. Dann lege ich mich
auf den Rücken und beginne ein mächtiges Gepantsche und Gespritze, von dem der Uferstreifen schaumweiß wird. Ich blinzle in die Sonne,
die im Wasserstaub die Farben des Spektrums
hervorzaubert, und schließlich tauche ich den
Mund halb ins Wasser und brülle gurgelnd wie
ein röhrender Hirsch. Das klingt gewaltig und
urwelthaft, und der Wind, der immer noch in den
Weidenbüschen schlief, wacht plötzlich davon
auf und kommt neugierig herübergehuscht.
»O Wasser«, sage ich zum Strom, »wunderbares,
gutes Naß! Du Stück vom Himmel. Du warst da
von Anbeginn, ehe der Herr das Feste schuf. Du
schmiegst dich um mich, kühlst meine Glieder,
machst mich froh und trägst mich in Geduld auf
deinem breiten Rücken durch das weite Land auf
dem Weg, den du dir selber in Jahrmillionen ge-
schaffen hast. Du läßt mich mit meinen Augen
die Herrlichkeit deiner Ufer sehen, die du mit
triefender Fruchtbarkeit füllst. Du bist duldsam
und stark und speicherst die Kammern meiner
Seele mit Licht und Glanz!«
Der Himmel ist nun ganz mit Bläue vollgesogen,
und die Sonne ist darin ein in das Himmelstuch
gebranntes Loch, das die himmlische Glut durch-
läßt.

Jetzt fahre ich durch die Windstoß-Enge. Die Burg Neuhausen taucht zur Linken auf. Es ist nicht mehr weit zum Aschacher Kachlet und nach Linz.

Ich habe keinen Kameraden, mit dem ich mich eine Weile zusammentun könnte. Ganz allein ziehe ich meinen Weg auf der großen Donau nach Osten, Kilometer nach Kilometer den unendlichen Ebenen entgegen.

Aber einsam bin ich nicht. Es gibt so viele geheime Zwiesprache, und genaugenommen sind wir ja drei in meinem Boot. Da fährt ein Träumer mit mir, ein dahintreibender Desperado, ein Guckindieluft und Tagausbeuter, der den Rahm abschleckt nach allen Regeln der Kunst und sich nicht viel um das Morgen schert.

Und da ist ein recht kecker Junge im Boot, der voller Schnurren und Schabernack steckt, den ganzen Tag freche Lieder pfeift und sich toll und ausgelassen benimmt wie ein junger Hund. Jetzt freut er sich über die Dampferwellen und ruft einem vom Ufer herüberstierenden Bauern zu: »Du meine Güte, ist das schön! Und kostet gar nichts!« Und dann beginnt er wieder, den Dritten unter uns, den vernünftigsten von allen, den kaltschnäuzigen, neunmalgescheiten Realisten, der die Dinge mit einer nachdenklichen Falte über der Nasenwurzel und herunterhängenden

Mundwinkeln zur Kenntnis nimmt, nach Kräften zu ärgern mit Dudeldi und Dudeldo und allerhand Firlefanz.

Manchmal reden sie auch alle durcheinander. Der Neunmalgescheite erzählt, daß das Donauflußgebiet ein Zwölftel Europas umfasse und daß sich die »Don-au«, das donnernde Wasser, nach dem Zurücktreten der Kreidezeit- und Zwischeneiszeitmeere ihren Weg durch die hindernden Höhenzüge erkämpft habe. Und obwohl der kecke Junge immer dazwischenfährt, setzt er seine magistermäßig leiernde Rede fort:

»Die Donau war Limes des Römerreiches gegen die anbrandenden Germanenwellen, sie war Bindeglied zwischen Ost und West, Orient und Okzident. Sie war Straße der Völkerwanderung, des Nibelungenzuges und der Kreuzfahrer. Obwohl sie im habsburgischen Vielvölkerstaat immer ihre Bedeutung als Völkerstraße behielt, trat sie doch als Kulturrückgrat hinter den Rhein zurück.«

Der Träumer aber sagt: »Dieser Tag ist wie eine Butterblume auf einer grünen Wiese, wie ein großes Fettauge auf dem Weltstrom!« Und nun beginnt er einen großen Hymnus zu singen: »O Land, Wolken flügeln über dich hin mit alabasterweißen Fittichen! Deine Felder sind ein köstliches Ornament. Du bist jung und stark und gärst in deinem Saft, und die Flanken deiner Berge kühlt dichter Wald. Da liegst du da, du alllebendige Welt, in Fülle und Trunkenheit im prallen Mittag, und ich sauge von deinen Eutern Freude, Lust und Sattheit. Oh, daß ich mich ganz öffnen und mein Innerstes dem Auge des Gestirns hinbreiten könnte wie ein aufgepflügter Acker...«

Linz taucht auf. »Als ›Lentia‹ war Linz römische Siedlung und Militärstation. 1140 kam es aus dem Besitz des Grafen Kirnberg an den Babenberger Herzog —«, sagt der Neunmalgescheite mit näselnder Stimme.

Doch der Rahmabschlecker hat nur ein Auge auf die glutenden Himmelstöne, gegen die sich schwarz die Umrisse der Türme der Stadt abheben, und der Junge schreit: »Da ein Zigeunerlager! Nichts als hin!« — —

»Zigarettli, Herr Doktor! Zigarettli!« rufen zerlumpte, schwarzhaarige Kinder, als ich das Boot ein wenig oberhalb des Lagers ans Ufer dränge, und strecken mir bettelnd ihre schmutzigen Patschen entgegen.

Barfüßige, braunhäutige Weiber in verwaschenen Fetzen mit saugenden Kindern an der Brust kommen neugierig zum Ufer herab und starren mich mit schwarzen Augen an.

Ein wenig abseits spielt, an einen Wagen gelehnt,

ein junger Kerl Geige, und ein anderer, der im Stroh daneben hockt, zupft eine Gitarre. Vor ihnen brennt ein kleines Feuer, um das die anderen Zigeuner leise singend herumsitzen. Das Gesicht des einen ist durchfurcht wie die Reliefkarte eines Gebirges.

»Los, kommt, da gehen wir hin!« sagt der Junge, ganz verzaubert von der bunten Szene, in der er balkanische Auspizien wittert.

Doch der Vernünftige hebt mahnend und beschwörend seine Stimme: »Damit uns alles aus dem Boot geklaut wird, was?« Doch der Junge sagt leichtfertig: »Laß nur! – Andre lassen sich auch! – –«

Nun sitze ich mitten unter den Zigeunern am kleinen, mühsam flackernden Feuer, das in der hereinbrechenden Dunkelheit allmählich zu leuchten beginnt.

Hinter dem graugrünen, schief auf den Achsen liegenden Wagen klirrt ein stampfendes Pferd mit einer Kette.

Auf dem Strom tutet ein Dampfer dreimal.

Eine schmuddlige Alte mit einem Gesicht wie ein brauner, vertrockneter Apfel, in das ein Paar kleine, listige Augen eingekerbt sind, rührt mit dem Finger in einem braunen Topf herum, der in der heißen Asche steht.

Ein paar Strohhalme fangen plötzlich Feuer, und

ein kleiner wilder Bengel trampelt mit den bloßen Füßen laut schreiend darauf herum. Dann setzt er sich, ein wenig außer Atem, wieder ins Stroh und sagt altklug und ganz unvermittelt:

»Miese Zeiten das!« – – Und wie ich ihn nach einer Weile frage, ob sie Kessel flickten oder Siebe machten, erwidert er keck:

»Kesselflicken, hat sich was! Kopfstehen tun wir und Halleluja schreien und uns fühlen wie Gott in Frankreich!«

»Nichts Besonderes, tue ich auch!«

Der Kleine schielt mich von der Seite an und zieht dabei langsam und vorsichtig einen Bleistift aus meiner Hosentasche. Wie er merkt, daß mir seine kleptomanischen Absichten nicht verborgen bleiben, sagt er feixend und keineswegs betroffen:

»Ein Irrtum, sprach der Hahn und stieg von der Ente!« – –

Jetzt beginnt der lange, schlaksige Kerl wieder zu geigen. Die Fiedel schluchzt und singt, ziehend und sehr sehnsüchtig. Dann fällt die wiegende Melodie jählings in einen wilden Rhythmus, überklettert sich plötzlich zum schrillen Diskant und sinkt wieder in ein besänftigendes Auf- und Abschwellen zurück.

Eine große Raupe fällt von einem Baum ins Feuer, windet sich ein paarmal und verkohlt.

Die Alte hat nun ihre Soße fertig gekocht. Sie brockt Brot hinein und ißt schmatzend und manchmal rülpsend mit den Fingern aus dem Topf.

Nun kommt sie zu mir gehumpelt, läßt freundlich grienend die braunschwarzen Zahnstummel in ihrem Steinbruchmund sehen und sagt mit hexenhaft kreischender Stimme:

»Ich will weissagen aus deiner Hand, schöne junge Herr, aus Vergangenheit und Zukunft, wie ich schon geweissagt viele geistliche Herren und studierte Leut'«, fügt sie als werbekräftige Referenz hinzu.

»Quatsch!« sagt der Realist, aber der abenteuerlustige Junge schert sich überhaupt nicht darum, zumal er sieht, daß der Tagausbeuter auch nichts dagegen hat.

Mit geheimnisvollen Gesten zieht sie mich von der Gruppe der rauchenden Zigeuner zurück, hinter den Wohnwagen, und obwohl es dort fast ganz dunkel ist, liest die Alte aus meiner Hand, daß ich drei Kinder kriegen und eine große Reise machen würde.

Ich habe das kleine Zelt aufgebaut und gehe nun noch ein wenig den dunklen Kai hinauf, wo die großen Donaukähne in langen Reihen schwarz und ungefüge vor Anker liegen.

Dürnstein   Bichler

Gasse mit Wirtshausschildern in Dürnstein,
Rohrfederzeichnung

Ölig und schwer gluckern die Wellen gegen die Ufermauern, und die Stadtlichter sticken Pailletten aufs Wasser. Leise knirschen die Ketten ankernder Schiffe gegen die Ufersteine.

»Haben Sie Feuer?« fragt eine Stimme aus dem Dunkel heraus, und im Licht eines vorüberziehenden Schiffsscheinwerfers sehe ich einen Kerl, der auf einem Poller hockt.

»Tut mir leid! Aber einen Augenblick, da hinterm Zaun liegt mein Boot.«

Als wir dann nebeneinander ein Stück stromauf gehen, beginnt er nach einer Weile:

»Ganz schön mulmig heute«, und mit der glühenden Zigarette ins Dunkle auf den Strom zeigend, sagt er:

»Das ist mein Eimer, da.«

»Wie?«

»Da, der große Motor, – mein Kahn!«

»So, Sie sind Schiffer?«

»Ja, Matrose auf der ›Mauritius‹.«

»Nimmt einen so'n Motorschiff ein Stück mit?« frage ich nach einer Weile den glimmenden Zigarettenpunkt neben mir.

»Nee.«

»Menschenfeinde, was?«

»Nee, bloß wegen der vielen Grenzen. Gibt zu viele Scherereien, wenn de nich als Mannschaft eingetragen bist.«

»Welche Strecke fahrt ihr denn?«

»Ach Gott, bis Rumänien, Giurgiu, wenn's sein muß.«

»Giurgiu? Da will ich auch hin!«

»Doch nicht etwa mit so'n kleenen Faltboot?«

»Freilich! Ist ja schade, daß ich keine ›Mauritius‹ habe und nicht Max heiße, – aber meine Jolle tut's auch!«

»Na, viel Spaß!« Der Kerl bleibt ironisch – überlegen.

»Was habt ihr denn für Ladung?« will ich weiter wissen.

»Stückgüter, Draht, Bleche, Landmaschinen, Automobile, na ja, solchen Krempel mehr!«

»Und aufwärts?«

»Massengüter, Ölsaaten, Holz, Getreide!«

»Und Budapest? Tolle Stadt, was?«

Mit einer wegwerfenden Handbewegung, die durch die glühende Zigarette sichtbar wird, tut er Budapest ab.

»Nischt weiter los! Das übliche!«

»Und Belgrad?«

»Nu ja«, und nach einer Weile: »s'is eben wie's so is.«

»So so«, sage ich, und »na ja.«

Dann sind wir an meinem Lagerplatz und sagen uns gute Nacht.

Ich paddle, lasse mich treiben, schaue und schaue und bin ganz eins mit dem Strom, der manche Kehre macht und manchen Bogen um die Waldhänge schlingt, als wolle er länger verweilen unter dem satten Reichtum des gesegneten Tales. Es ist alles befriedet und still. Nur unter meinem Boot zirpt das Flußgeschiebe seine kleine Melodie, gebildet aus dem Zusammenprallen und Aneinanderreiben der Sandkörner, die der Fluß auf dem Grund mit sich führt.

Der Himmel, unermeßlich tiefblau wie auf Paolo Veroneses Bildern, eine breite, fast reglose Wasserfläche und nur ein schmaler Uferstreifen mit ein paar Weiden oder Erlengebüsch über gelbgrauem Schwemmkies – das ist alles, was der Blick faßt.

Wie breitgedrückt von der Last des wolkenschweren Himmels, liegt das Land im Drang seiner schwellenden Säfte dem sengenden Strahl der Sonne hingebreitet, die überall warmes, quellendes Reifen weckt.

Fadenscheinige Zirren wehen über die Riesenluftballone der mächtigen Kumuluswolken hin und lassen ihre Ränder ins Blau zerfließen wie Aquarellfarbe auf nassem Papier.

Dort, wo die große Himmelsglocke hinter den Auwäldern auf dem Horizont aufliegt, verliert sie ihr tiefes, sattes Blau und nimmt ein paar vorsichtig bunte Farben, wie im Feuer gebranntes Eisen, und zuletzt einen Saum schäbigen, verwaschenen Graublaus an.

Jetzt steigt hinter dem Horizont seifenschaumweiß eine neue Wolkenmasse träge und langsam empor und legt sich wie eine Herde wiederkäuender heiliger Rinder hinter den Erlenwäldern auf das weite Land.

Ich halte einen aus dem Wasser gefischten Grashalm zwischen den Zähnen, einen wunderschönen Grashalm mit bräunlichen Knoten an den Blattansätzen und einer kleinen schwarzen Ameise, die mit ihm auf der Donau herumtreiben wollte, genauso wie ich mit meinem Boot.

Die Donau ist jetzt wie ein langer Teich. Durch die Krümmungen sieht man nicht, woher der Strom kommt und wohin er fließt.

Am Ufer plantschen Kinder, und über mir kreist ein Bussard mit reglosen Flügeln. Er läßt sich höher tragen und fliegt und fliegt, aus dem Himmelsblau ins Wolkenweiß und wieder ins Himmelsblau, und entschwindet als kleiner schwarzer Punkt. Der Tag hat an sich selbst Genüge.

Die Sände zirpen auch, wenn niemand zuhört –, ganz für sich, immer nur diesen einen kleinen ewigen Ton aus der Tiefe des Flusses herauf. Manchmal rauscht das Wasser. Ein Waller läuft breit, dann wird es wieder still, ganz still, doch

weiter unten rauscht es wieder, und es ist gleichgültig, ob ich zuhöre oder nicht.

Ich habe mir ausgerechnet, daß heute Sonntag
sein müßte.
Ja, es ist ganz gewiß Sonntag.
Am Ufer sitzen hier und da Leute, die nichts zu
tun haben und mir zusehen, wie ich so vorbei-
treibe. – Die Leute gucken mich dumm an und
denken vielleicht, daß ich kein Geld habe, weil
ich nicht rasiert bin.
Und ob ich Geld habe! Vorgestern habe ich drei
Glas Wachauer Heurigen getrunken, und heute
werde ich in Wien über den Prater bummeln, und
in zwei Monaten bin ich am Schwarzen Meer! –
Zwischen dunkelgrünen Kastanien steht ein
Gasthof am Ufer, davor ein knallroter Sonnen-
schirm und ein orangefarbiger. Unter dem knall-
roten Schirm sitzt eine Frau mit einem gelben
Kleid, und anscheinend nur, weil noch ein Blau
fehlt, kommt der Wirt in Hemdsärmeln und
blauer Schürze aus der Tür.
»Eigentlich solltest du dich doch rasieren«, sage
ich zwischen regelmäßigen Paddelschlägen. »Du
kommst jetzt nach Wien, – in die Zivilisation,
mein Lieber!« Und nach einigem Hin und Her
hänge ich meinen kleinen Spiegel an das quer vor
mir liegende Paddel, tauche meinen Pinsel in die

Donau und mache einen fabelhaften Schaum –
zehnmal so viel, als nötig wäre.

Oh, man kann mit Seifenschaum allerlei Kinker-
litzchen machen, ich klatsche ihn aufs Wasser
und fische ihn wieder heraus, ich blase ihn in die
Luft, bis nichts mehr übrigbleibt, dann mache ich
neuen Schaum, schabe meinen Bart ab und lasse
ihn auf der Donau davonfließen.

Die Höhen des Wienerwaldes sind mittlerweile
im Osten aufgestiegen, und nun werden auch die
Rücken des Leopoldsberges und des Kahlenber-
ges sichtbar. Ich komme nach Wien. – –

Die große Stadt erscheint fremd, künstlich und
beklemmend nach der Ruhe des Stromes. Ein
paarmal bin ich über die Ringstraße mit ihren pa-
thetischen Fassaden gebummelt, ein Shanty du-
delnd, das mir nicht aus dem Kopf ging:

>... er sitzt dort unten in der Bar
und sauft sich seinen Brandy ...«

Ach ja, und dann war ich auf dem Prater, diesem
seßhaft gewordenen Jahrmarkt, dem die Roman-
tik des Provisorischen, Improvisierten mangelt.
Die Reitschulen im Laubsägestil wirken gedrückt und eingekäfigt. Zwischen Geisterbah-
nen und Luftschaukeln entdeckte ich aber eine
erstaunliche Handlese- und Horoskopstell-
maschine, die vollautomatisch weissagte und

ratternd und schnarrend das künftige Geschick auf einem sich langsam hervorschiebenden Bogen in Maschinenschrift offenbarte, wenn man nur eine Mark in den Automaten steckte und die Hand auf eine Metallplatte legte, damit sie mit Hilfe elektrischer Ströme untersucht werde. Es gab ein großes Gedränge um den geheimnisvollen Mechanismus, und zweifelnd und ein wenig ungläubig, aber doch von der Begierde besiegt, den Schleier über dem zukünftigen Geschick ein wenig zu lüften, legten kleine Dienstmädchen verschämt ihre zerwaschenen Hände auf die Platte. Doch auch ernsthafte Männer setzten den Automaten in Tätigkeit und steckten den Papierbogen, ihre Spannung hinter einer gleichgültig-gefrorenen Miene verbergend, in die Brusttasche.

Werftanlagen, Industriebauten, graue Petroleumtanks mit dem Geschlinge ihrer Abfüllanlagen, Tankschiffe unter englischer und rumänischer Flagge und graue Häuserfronten säumen den Strom noch eine gute Weile, bis er aus dem Arbeitsschwalch der Stadt heraus wieder in die werktagseinsamen Auwälder tritt.
Zu beiden Seiten hocken reglos in kleinen Hütten ein Stück ab vom Wasser Fischer, die für ihren Zweck richtige kleine Maschinen aufgebaut

haben. Von Zeit zu Zeit drehen sie an einer Kurbel, die ein Seil in Bewegung bringt, das an einem schrägen Galgen über eine Rolle läuft und ein mit gebogenen Kreuzhölzern breit gespanntes Netz aus dem Wasser hebt.

Sie fischen ganz ohne Köder, lediglich in der Hoffnung, daß gerade ein Fisch über dem Netz steht, wenn sie es mit der Kurbel anheben.

Mit Domdadi und allerhand frechem Gepfeife, das sie sehr zu verdrießen scheint, nehme ich ihre Parade ab und grüße lässig nach beiden Seiten. Und wie es sich für eine ordentliche Parade gehört, bleiben sie stocksteif stehen.

Die Wolken sind scharf ausgeschnitten wie weiße, in dunkles Blau eingelegte Intarsien, und das Land atmet die Wärme aus, die es tagsüber in sich sog. Rauschend fliegen paarweise Wildenten auf. Am seichten Ufer werden Pferde zur Tränke geführt. Bis zum Bauch stehen sie schweifschlagend im Wasser.

Der Tag geht nun zu Ende. Die Sonne steht nur noch handbreit über den Auwäldern. Wie ein gewaltiger Flammberg leuchtet brennend rot ihr langgezogenes, schlängelndes Spiegelbild auf dem abenddunklen Strom.

Der Himmel hat jetzt die vielen Farben polierter Achate und hoch oben ein tiefes, grünliches Gelb wie von billiger Limonade.

Kopfweiden am Ufer,
Rohrfederzeichnung

Alles hält den Atem an, denn jetzt versinkt die Sonne.

Ich lasse mein Paddel ruhen und gleite still rückwärts stromab.

Ganz hoch schwimmt die junge Mondsichel, noch weißlich und bleich und ein wenig hintenübergekippt.

Ich würde jetzt doch nicht schlafen, sondern viele Stunden wachliegen und auf die erregenden Geräusche des Stromes horchen.

Das Wasser wird lauter. Rauscht, gurgelt, gluckst. Wie unter einem schwarzen Zaubermantel hat es sich in ein neues Element verwandelt, bleiern und schwer, und es hat einen geheimnisvollen, dumpfen Ton angenommen voller gespenstischer Lockungen.

Ob die Fische im Strom jetzt wohl alle tot sind? Das kommt mir so in den Sinn.

Betriebsam und zerpflückt liegt der Mondspiegel auf dem nachtschwarzen Wasser. Nun wird ein grünes und ein rotes Licht sichtbar, beide kommen allmählich näher.

»Ein Dampfer in der Nacht!« Laut stampft und rankert die Maschine. Es ist ein wüstes, bedrohliches Getöse in all der hellhörigen Stille. Man fühlt, wie der Lärm die Nacht schmerzt.

An der Backbordseite fahre ich, vorsichtig ins Dunkel spähend, am Dampfer vorbei.

Ein wenig Ziehharmonikaton klingt halb ver-
schüttet herüber, den grausamen Lärm begüti-
gend.

Ich kann die ausstrahlenden Wellen nicht sehen,
die die großen Schaufelräder aus dem Strom ge-
wühlt haben, und werde wie von verborgenen
Kräften auf dem schwarzen Öl des Stromes auf-
und abgetragen, gezogen, zurückgehalten und
wieder vorwärtsgestoßen.

Tobend schlägt das Wasser gegen meine Bordwand und rast rauschend in regelmäßigen Ab-
ständen auf das flache Ufer hinauf. Nur ganz
langsam beschwichtigt sich der erregte Strom
wieder, und als der Lärm des Dampfers schon
längst nicht mehr zu hören ist, zucken die Wellen noch immer irre durcheinander.

Eine Boje dümpelt auf einmal schreckhaft nahe,
und ein Stern löst sich plötzlich vom Himmel
und zieht im Fallen einen schrägen Strich.

Das sind so meine Erlebnisse.

Nun ziehe ich in der Nacht meinen Weg auf dem
Strom dahin, Paddel links, Paddel rechts, Paddel
links, Paddel rechts. Ich habe kein Gefühl mehr
für die Zeit.

Nach ein paar Stunden finde ich am Ufer eine flache Stelle zum Anlegen. Ich lade mein Boot aus
und ziehe es hoch, damit Dampferwellen es nicht
fassen können.

Ich habe noch ein Stück Melone. An dem kaue ich, auf der kalten Erde vorm Zelt hockend, eine Weile herum und werfe die Schale dann weg. Sie klatscht aufs Wasser.

Rein gebadet, entwächst der junge Tag der Nacht. Die Sonne strahlt hell und prall auf die Wiesen, den Strom und auf mich dahintreibenden Desperado.

Blüten stehen in dichten Büscheln am Ufer, Sumpfdotterblumen, Margueriten und Glockenblumen. Und auch das Gras blüht, und ein kleiner Wind bringt manchmal ein Gewehe süßen Duftes mit.

Die March, einst Grenzfluß zwischen Reich und Tschechoslowakei, mündet links, und bald erhebt sich mächtig der Thebener Kogel, der Wächter der Porta Hungaria, mit den Mauerresten der einst gewaltigen Burg, die allen Türkenangriffen trotzte.

Nun öffnet sich das Land wieder weit dem Strom, und die Horizonte verschwimmen.

In der Ferne taucht Preßburg auf mit den Umrissen seiner Kirchen und der klobigen Masse der von wuchtigen Ecktürmen umgebenen Königsburg.

Ich treibe noch an einer Reihe ankernder Kähne vorbei und lege dann am gepflasterten Kai an, hinter einem großen Schleppkahn, der gerade gelöscht wird.

Ein Kran senkt seinen mächtigen Greifer in den Bauch das Kahnes, fördert ein braunes, stäubendes Zeug zutage und läßt es in bereitstehende Eisenbahnwaggons fallen.

»Eisenpyrit!«

Man könnte mal hinaufklettern und den Kahn anschauen.

Das sonnenheiße Verdeck brennt unter den Fußsohlen.

Eine Frau päppelt vor der Kajütentür ihr Kind und kann die Freundlichkeit ihrer Begrüßung, da sie nicht Deutsch versteht, nur in ein breites Lächeln zerren.

Jetzt bin ich an der Ladeluke und schaue hinunter. Es ist eine dunkle Höhle, gefüllt mit dichtem, schwerem, braunem Staub, der sich auf das ganze Schiff gelegt hat.

O du meine Güte, da unten arbeiten ja Menschen! Manchmal sieht man für einen kurzen Augenblick das Weiß eines Augapfels oder einen dunklen, schweißglänzenden Arm. Und nachdem sich das Auge von der blendenden Sonnenglut auf die Dunkelheit umgestellt hat, sehe ich da unten fünf Kerle, die das stäubende Zeug auf einen Haufen schütten, damit es der Greifer des Kranes packen kann.

Jetzt sind sie anscheinend mit dieser Luke fertig, denn der Kran schwingt nicht mehr herüber.

Der erste kommt aus der Unterwelt herauf. Er trieft von Schweiß. Sein braunschwarzer Körper ist mit schweißklebendem Pyrit bedeckt, nur das Augenweiß leuchtet hell. Er und die Nachfolgenden haben große verstaubte Schwämme vor Mund und Nase gebunden. Die nehmen sie jetzt ab, husten röchelnd und spucken braunen Speichel auf das Verdeck. Dann gehen sie mit krummen Buckeln und hängenden Armen über den schmalen Laufsteg ans Ufer, hocken sich auf ihre Schenkel und waschen die schmutzigen Schwämme aus. Manche nehmen einen Schluck aus der Donau. Einer raucht schnell eine Zigarette. Sie sehen mein Boot, dann mich, nicken mir zu und sagen etwas auf slowakisch, das ich nicht verstehe.

Dann schlurfen sie wieder müde auf den Kahn zurück und verschwinden im nächsten Laderaum, in einem neuen Inferno. Der Kran schwenkt wieder auf das Schiff zu und senkt sich kreischend herab.

»O du lieber Gott, ist das eine Schweinearbeit! Von früh bis spät in Dunkel und Dreck! Husten, spucken, schwitzen! Nee, lieber dreimal scheintot mit 'm Kopp nach unten ins Massengrab!« meint der Tagausbeuter in mir, und er wird von einer tiefen Dankbarkeit erfüllt, daß er so unter der blauen Himmelsglocke dahintreiben und sich die Rosinen aus dem Welthefekuchen klauben darf.

Unter allen Gedanken zieht der Strom dahin. Die Gedanken sind wie kleine Schiffe, die mit auf dem Strom treiben. Immer neues Land zieht vorüber, und die Zahlen auf den Kilometertafeln werden sehr langsam kleiner. 1861–1859 – bis zur Donaumündung bei Sulina.

Ich mache die Augen zu und lasse mich wieder ein Stückchen treiben. Wenn es sich nur mit meinem Geld nicht so höchst sonderbar verhielte! 16 Pengö! Damit will ich durch ganz Ungarn! 16 Pengö sind zehn Reichsmark!

Beim Dahinstreifen am Ufer – was gibt es da nicht alles zu sehen! Wasserhahnenfuß und Laichkräuter in einer Bucht, dicke Wurzelbärte unter verwaschenen Bäumen, eine gelbe Sumpfdotterblüte und ein leuchtend roter Emaillescherben im saftgrünen Gras. Ja, und dort liegt ja wahrhaftig ganz rosig und rund ein Mädchenpopo in der Wiese!

Oh, ich kann leise paddeln, ganz leise und behutsam, wenn es sein muß, bis ganz dicht an die Wiese heran. –

Es ist ein lustiger Tag! Plusterwolken am Him-

mel und ein rosiger Mädchenpopo in der Wiese.
Nun pfeife ich noch ein wenig an den Wiesen vorüber, eine kleine Viertelstunde, bis ich am rechten ungarischen Ufer ein großes Schild ›Buffet‹ sehe.

Ich kaufe mir einen halben Liter dicken gelben
Wein. Und nun will ich den Herren Ungarn zeigen, wie bei uns gekocht wird.

Ausgetrocknetes Treibholz gibt es am Ufer die
Fülle! Nun drei Steine hübsch zusammenge-
schichtet und meinen schwarzen, zerbeulten
Pott mit Wasser darauf.

Fünf junge Kerle, die in der Nähe gebadet haben,
hocken mit verschämtem Grinsen um mein
prasselndes Knäckerchen.

Jetzt heißt es fleißig die Hände rühren, denn hier
handelt es sich um Prestigefragen.

Die fünf Ungarn gewinnen auch Freude am Unternehmen und holen dienstfertig Treibholz in
Riesenstapeln herbei.

In meiner Pfanne zischt und pufft es.

»Kinders, Kinders, jetzt brauchen wir noch einen
ungarischen Ochsen und einen großen Spieß
dazu!«

»Ja, ja, so sieht das aus, wenn ein ordentlicher
Kerl es anpackt!« schreie ich mit rotglühendem
Gesicht den Kerlen ins Ohr. Dann werfe ich den
halb gebackenen Eierkuchen hoch und fange ihn

nach einem einwandfreien Salto mit der noch gelben Kehrseite nach unten wieder auf.

Mit einem Grinsen von einem Ohr zum anderen scheinen die Burschen meine Kochkünste gebührend zu würdigen.

Runter mit dem ersten! Fertig!

»Schscht, ffft!« macht das neue Fett in der Pfanne und versinkt wie Atlantis.

Ein Düftchen ist das! Ein unbeschreibliches Düftchen! Lieblich, süß und verheißungsvoll! Das geht zu Nase, Ohren und Mund herein. Ein Duftparadies gewissermaßen!

»Riecht, ihr armen Sterblichen! Das ist der Lustgarten des Propheten! – –«

Der Eierkuchenberg steigt allmählich zu beachtlicher Höhe.

Dann beginnt die Ausschweifung. Ein gastronomisch-lukullischer Höhepunkt für meinen entsagungsgewohnten Magen. Nichts für die bloße animalische Notdurft. Hier geht es um höhere Genüsse. Man soll ja nicht bloß Hungers wegen essen.

Auch die Burschen bekommen etwas ab und vertilgen es schmatzend. Oh, wir sind eine sehr vergnügte Gesellschaft!

Wohin ich heute noch will, möchten die Kerle wissen.

»Nirgendwohin, – irgendwohin!«

Mein Bauch ist voll! Schockschwerenot! Ich habe eine sehr versöhnliche Laune und ein recht behäbiges, seßhaftes Gefühl.

Nein, viel gepaddelt wird heute nicht mehr. Ich lasse mich wieder treiben, ein Hirt steht am Ufer auf einen Stab gestützt und schaut auf mein vorüberziehendes Boot.

Nun sieht der Hirt mich bald nicht mehr, so klein werde ich auf dem großen Strom.

Jetzt muß bald die »Cis-Duna«, die Kleine Donau, vom Hauptstrom abzweigen.

Auf der Karte erscheint ihr vielfach geschlungener Lauf als ein Musterbeispiel eines mäandernden Tieflandflusses, wie ein Honigfaden, den man auf ein Butterbrot geträufelt hat.

Man braucht auf ihren Windungen und Kehren, in denen das Wasser fast ganz still steht, drei Tage länger als auf dem Hauptstrom, der mit diesem Nebenarm die Kleine Schüttinsel bildet, die zum deutschen Heidebodenland gehört. Dieses überaus fruchtbare Gebiet greift mit seinen Ausläufern bis Preßburg und reicht ins Burgenland bis zum Neusiedler See hinein.

Der deutsche Heideboden hängt auf der ganzen breiten Flanke mit dem deutschen Volksboden der Ostmark zusammen und gehörte schon unter Karl dem Großen zur Ostmark des Reiches.

Es sollen an der Kleinen Donau viele deutsche Bauern schwäbischen und bayrischen Stammes wohnen, die ihre altangestammten Sitten, Bräuche, Trachten, religiösen Spiele und ihre überlieferte Hauskultur bewahrt haben. Diese deutschen Bauern, die hier in ungarischem Land in geschlossenen Siedlungen wohnen, will ich besuchen.

Am Ufer liegt ein griechischer Kahn mit der blauweißen Flagge. Dahinter wird an der Abzweigung der Kleinen Donau das schräg gestrichene ungarische Posthäuschen sichtbar.

Von zwei aufgeregt gestikulierenden Kerlen in Badehosen werde ich auf ungarisch angerufen und dränge mein Boot auf das sandige Ufer.

In gebrochenem Deutsch erklärt mir der eine, daß sie Wasserpolizisten seien.

»Kann jeder sagen!« gebe ich ihm zurück.

Doch der andere, der eben verschwunden war, kehrt mit einer Dienstmütze auf dem Kopf und einem abgegriffenen Buch in der Hand als Insignien seiner im Adamskostüm nicht erkennbaren Dienstwürde zurück und redet auf mich ein:

»Warum fahren Cis-Duna? Viel länger fahren als Große Donau! Viel schöner Große Donau!«

»Warum ich nicht sollen fahren auf Kleine Donau? Du mal gucken da! Paß — alles in Ordnung! Hier du sehen ungarisches Triptique!«

Doch der ungarische Polizist hebt beschwörend die Hände und sagt voll amtlicher Entrüstung:

»Nix Kischduna! Dann du seien ganz in Ungarn! Du müssen werden kontrolliert!«

»Na ja, dann mach schon!«

»Wir nicht seien Gendarm, muß kommen aus

nächstem Dorf, von sechs Kilometer weit. Ist für ein Kilometer ein Pengö. Macht zwölf Pengö hin und her. Du besser fahren Große Donau, viel schöner, viel schneller!« Und er wischt sich die Schweißperlen von der Stirn.

Ist doch allerhand! Zwölf Pengö wollen die Kerle haben! Fünfzehn besitze ich nur noch.

»Keinen Pfennig habe ich, mein Lieber! Nix Pengö! Gar nix!«

»Wovon du dann leben?«

»Geht dich nichts an, oller Azteke! Da, ganzer Kahn voll Proviant!«

Da er sieht, daß ich mich nicht auf plumpe Weise abfertigen lasse, fragt er sichtlich überanstrengt weiter:

»Was wollen auf Kischduna?«

»Ungarische Pfadfinder besuchen in Moçon!«

Das ist mir so eingefallen, aber der gute Polizist ist merklich erleichtert und rät mir nur noch, mich wegen der ungarischen Grenzübertritt-stempel in Moçon auf der Polizei zu melden.

»Jawohl! Freilich! Warum denn nicht gleich! Gott behüte dich und schenke dir Gesundheit und sieben rothaarige Söhne!«

Nun paddle ich in Ungarn auf der Kleinen Donau. Die Ufer drängen dicht zusammen. Übermanns-hohes Schilf mit scharfen Blattlanzen und bräunlichen Wedeln, Jahrhunderte alte zerschorfte Weiden, ein paar Erlen, dann und wann ein paar Holunderbüsche oder eine Pappel. —

Gelb und reif liegt die Sonne im Wasser. Der Strom verliert ganz den Atem.

Ich paddle mit langen kräftigen Schlägen. Wenn ich nicht paddle, bleibt das Boot fast stehen, denn der Fluß hat nahezu keine Strömung.

Ein Bauer pflügt dicht am Ufer, jetzt sieht er mich, hält seine Zugochsen an und ruft zwei andere Bauern herbei.

Ich frage sie nach den deutschen Siedlungen, und sie antworten mir:

»Sarndorf ist ganz in der Nähe. Wir sind aus Rajka, aus Ragendorf. Und dort weiter hinten liegt Pallersdorf und Frauendorf. Der erste große deutsche Ort am Fluß ist Wieselburg und dann Kimling!«

»Grüßen Sie Deutschland!« rufen sie zum Abschied, als ich mein Boot wieder zur Flußmitte steuere.

Noch verbirgt sich das Land hinter Schilfgürteln. Rinder stampfen und brüllen. Eine Peitsche knallt. Eine tiefe Stimme schreit dazwischen hü und ho. Weiter flußabwärts rattert ein Wagen. Nach einer Weile noch einer. Staubfahnen steigen hinter dem Röhricht hoch.

Nach einem freien Fleck im dschungelhaften

Dickicht spähend, fahre ich noch lange am Ufer hin, bis ich endlich eine Lücke im Schilfsaum und eine zum Anlegen geeignete Stelle finde.

Es wird wieder Abend. Ich muß mein Zelt aufbauen. Zum Schutz gegen die Mücken ziehe ich meine Seemannshosen und eine dicke Joppe an und schlurfe mit der Feldflasche und dem Wassersack am Ufer hin. Nach der Karte muß ein Dorf in der Nähe sein.

Von einer dicht überwucherten Insel schrecke ich einen Kormoran hoch. Tief über den Fluß zucken Schwalben, nach Mücken haschend, hin und her. Und dann gibt es noch viele Vögel, die ich nicht kenne.

Ein wachsamer Kirchturm taucht hinter den Büschen auf. Nun komme ich auf einen Pfad, der von Kuhherden breitgetreten ist. Und der Pfad mündet in die Straße, die zum Dorfe führt.

Nicht weit vom Fluß steht ein kleines Gehöft an der Straße. Ich brauche Eier und Butter und trete in die niedrige Stube, wo die Familie gerade um einen großen, weißgescheuerten Tisch beim Abendbrot versammelt ist.

Der Bauer sitzt müde und zusammengesunken, mit krummem Buckel. Er sieht aus wie ein knorriger Weidenstamm vom Flußufer, seine Hände sind wie unterwaschene Wurzeln, und sein Gesicht ist ein umgeworfener Acker.

Er ist ein richtiger Weidenstrunk mit seinem borstigen Kinn. Ich weiß nicht, ob er grob ist und eigensinnig oder aufgeschlossen und vertraulich, und ich weiß auch nicht, was er von mir denkt, der ich nun in der Tür stehe und warte und ein paar unbeholfene Gesten mache und sie alle mit aufmunterndem Lächeln bedenke: den arbeitsmüden Bauern, die zahnlose, zusammengedorrte Frau, das dralle, frischbäckige Mädchen und den schmutzigen Buben.

Der Bauer starrt mich still und verblüfft an und hält wie plötzlich versteint im Löffeln inne.

Nun sage ich: »Schinakel! Deutsches Schinakel!« und deute zur Tür hinaus.

Er nickt tiefsinnig und starrt mich wieder an. Sein Mund arbeitet ununterbrochen. Endlich bringt er ein paar tiefe, brummlige Töne hervor, deren Sinn ich nicht zu deuten weiß.

Wir verfilzen uns in ein sprachloses Gespräch.

Dem Mädel zuckt es um die Mundwinkel, und der Bub hat sich unter den Tisch verkrochen. Nun tritt die verhutzelte Alte vor den Bauern hin und redet mit einem neugierig fragenden Ausdruck stockend auf mich ein. Worte, die ich nicht verstehe.

Eine Weile herrscht betretenes Schweigen.

Nur um etwas zu tun, ziehe ich meine schmierige Atlasseite »Balkanstaaten« aus der Ledertasche. Vielleicht wollen sie wissen, woher ich komme.

»So, Leute, da ist Deutschland! Da komme ich her, und das hier ist die Kleine Donau. Da wohnt ihr. Und hier ist der große Strom. Auf dem bin ich hierher gefahren. Und dieser blaue Fleck ist das Schwarze Meer! Da will ich hin.«

Der Bauer nickt wieder und löffelt nun weiter.

Vielleicht weiß er gar nicht, was dieses buntbedruckte Papier bedeutet. Er ist ein Bauer, der seine Felder Frucht bringen läßt in mühseliger Arbeit und sich nährt. Was geht ihn die Wissenschaft an, die die ganze Erde auf ein paar Fetzen bunten Papiers einfängt!

Nun zeige ich auf meinen Mund, mache die Bewegung des Kauens und sage: »Pap pap!«, wie es die Säuglinge tun, wenn sie Hunger haben.

Da zieht sich das starre Gesicht des Bauern unter einem einfältigen Grinsen so breit, daß sich das Faltennetz seiner zergerbten Haut ganz verwirrt und seine kleinen Augen fast verschwinden. – Er hält das sicher für einen guten Spaß.

Um mich besser begreiflich zu machen, hole ich nun Papier und einen Stift aus meiner Tasche und zeichne ein Hühnchen, das gerade ein Ei gelegt hat, und lege den Zettel mit ein paar Hellern vor den Bauern hin.

Bauer aus einem Dorf an der Kleinen Donau,
Rohrfeder- und Pinselzeichnung

Jetzt lacht er röchelnd wie von ganz tief innen heraus, und seine kleinen Augen beginnen zu wässern.

Aber dem Mädchen scheint mein Wunsch einzugehen. Sie kichert ganz hoch, wie eine Möwe, und wechselt mit der Alten ein paar Worte. Dann verschwindet sie und kommt nach einer Weile mit schmutzigen Eiern zurück.

So, und jetzt brauche ich noch Milch. Ich zeichne also eine Kuh, und das Mädchen schaut mir, immer wieder kichernd, über die Schulter zu.

Ich verstehe mich auf meine Sache! Die Alte sucht unter ihren Töpfen auf dem Regal und schiebt mir einen zu.

Eine schwarze Flüssigkeit ist darin.

»Aber ich will doch Milch haben!« Ich zeige ihr noch einmal den Zettel mit der Kuh. Sie nickt und zeigt auf den Topf.

Weil ich mir gar nicht zu helfen weiß, mache ich laut: »Muh – muh!« und hocke mich hin, um die Halluzination zu melken.

Das ist nun ein ganz großer Spaß. Ein Mordsspaß, he he! Das Mädchen lacht, daß sie über und über rot wird vor lauter Atemnot, und die Alte sabbert nur so aus ihrem zahnlosen Mund. Der Bauer aber lacht ganz tief und dröhnend, als wären seine Stimmbänder geborsten.

Als sie sich ausgelacht haben, sitzen wir wieder

da und starren uns an und wissen nicht, was wir miteinander anfangen sollen.

Da rappelt sich endlich die Alte auf und bringt einen anderen Topf herbei.

»Aber da ist ja auch so schwarzes Zeug drin! Ich will ja Milch haben! Muh – muh!«

Die Alte schaut mich ganz hilflos an und stößt dann aus Versehen an den Topf, daß der Inhalt überschwappt. Auf dem Tisch ist auf einmal eine Pfütze Milch.

Ich nehme den Topf und halte ihn dicht unter die Lampe. Nichts als Fliegen, eine ganz schwarze Schicht ersoffener Fliegen.

Ach so, ich bin ja nun schon auf dem Balkan!

Ich lange mir einen Löffel vom Tisch und fische die Fliegen herunter. Dann gieße ich die Milch in meine Feldflasche. Schaden die Fliegen den Leuten nicht, werden sie mir auch nicht schaden!

Das Mädchen läuft hinaus und bringt mir einen großen Kürbis.

»So, schönen Dank auch! Jetzt will ich aber gehen.«

Draußen ist es Nacht geworden. Meine Schritte tasten ins Dunkel. Hier ist Gras, ja. Das hier ist ein Stein. Ja, und hier ist wieder ein Weg.

Ein paar Weidenruten streifen mein Gesicht, und das Knistern unter meinen Schritten bedeutet Stoppeln.

Die Nacht ist samtig, schwarz und warm. Eine gute, blumige Nacht. Die Dunkelheit hat sich entfaltet wie eine liebende Frau und wird nun vom Monde berührt.

Irgend etwas in mir wird groß und still, und irgend etwas ist rund und weh. Ich laufe über fremdes Land und trage meine Unrast mit mir herum. Die Wiese senkt sich ein klein wenig. Ich fühle, wie sich der Boden in sich zurückzieht.

Da liegt nun mein Zelt. Kaum auszumachen in der Dunkelheit. Ja, da bin ich nun zu Hause. Hier hinter den Weidenbüschen am Ufer des Wassers, das nun dem Monde hörig ist. Schwarzes Nachtwasser!

Das Gras wird naß und beginnt zu duften. Im Schilfwald knistert und rumort es. Im Dorf bellt der Hund wieder laut und erbittert, als geschähe ein Mord. Ich taste nach den Streichhölzern und brenne meine kleine, tröstliche Lampe an.

So, da sitze ich, und rings um mich habe ich die Dunkelheit.

Wer das begreifen könnte: Die Dunkelheit.

»Was ist die Dunkelheit?« frage ich mich, und ich greife hinein.

Meine Augen sind so groß, daß sie schmerzen.

Mücken und Falter kommen aus der Dunkelheit und schwirren taumelig um mein beharrliches Licht. Doch ich mag nicht zusehen, wie sie sich verbrennen, und so verlösche ich die Lampe wieder. Es riecht eine Weile nach Petroleum. Ich krieche ins Zelt.

»Leg mich als Steinchen, lieber Gott, und heb mich als Federchen!«

Als die Sonne am Morgen schon lange ihr Auge aufgeschlagen hat, liege ich noch im Zelt und träume von trommelnden und knatternden Regengüssen, die zu so furchtbarer Gewalt anschwellen, daß ich aus Angst, mein Lagerplatz könnte überschwemmt und mein Boot fortgetrieben werden, aufwache und mir erschreckt die Augen reibe. Bestürzt klappe ich den Zelteingang auf und sehe auf der nahen Holzbrücke ein Pferdegeschirr nach dem anderen in scharfem Trab über den Fluß preschen. – Eine endlose, ratternde Kette, als ob eine ganze Völkerwanderung im Gange wäre.

Eine Weile überlege ich mir, was die Bauern wohl veranlassen könnte, sich zu diesem lärmenden Zug zu verbinden. Als ich mir aber keine Erklärung weiß, nehme ich das Rasierzeug und den Wassersack, den zu füllen ich am Abend vorher vergessen hatte, und mache mich gemächlich mit nackten Füßen zum Ziehbrunnen hinter dem Hause an der Straße auf.

Der kühle Tau und die strahlende Sonne finden

sich in der schönsten Weise zusammen. Ich schlurfe durch das taunasse Gras, und die reine Erfrischung dringt mir in den Körper hoch. Ach ja, barfuß gehen! Ich fühle, wie die Halme sich unter meine nackten Sohlen schmiegen, und dann fasse ich ein paar Grasbüschel mit den Zehen und reiße sie aus.

Der Fluß ist über und über vom Licht besiedelt. Er ist so hell wie der Himmel selbst, und an manchen Stellen gleißt er wie die Sonne, die nunmehr mit solcher Kraft vom Himmel prallt, daß die zarten Blätter und Gräser von ihrer Berührung erbeben.

Jetzt kommt ein halbnackter Bursche auf einem glänzend braunen Pferd durch die saftgrünen Wiesen zur Uferböschung geritten. Das Pferd schüttelt seine gelbbraune Mähne und wirft den Kopf hoch vor lauter Lust. Dann schlägt es auf einmal wild nach hinten aus. Der Reiter stößt vor Schreck ein paar hohe Töne aus und schlägt dem Pferd mit den nackten Fersen zornig in die Weichen. Dann treibt er es in den Fluß. Das Wasser sträubt sich schäumend und schlägt dem Gaul ein Gesprüh von tausend glitzernden Funken an die breite Brust. Der schnaubt und bläht sich und steigt hoch wie ein heraldisches Tier, und auf einmal trompetet er ganz hell und laut in den jungen Tag. Und als ob er sich selbst an seinem gewaltigen Geräusch erfreue, wiehert er noch ein zweites und ein drittes Mal. Der Kerl, dem das Wasser nun schon bis zu den Knien geht, will auch nicht zurückstehen und brüllt und jauchzt, und dann beginnt er laut und stark zu singen, während das Pferd langsam seinen schweren Körper durch das Wasser schiebt und dann das jenseitige Ufer erklimmt.

Am Ziehbrunnen angekommen, senke ich den großen Eimer am Holzgalgen in den dunklen Schacht hinab, aus dem mir frische Kühle entgegenschlägt, und lasse ihn, nachdem er auf Grund gepoltert ist, vollaufen. Dann ziehe ich ihn wieder hoch und rasiere mein Kinn, das nun schon wieder aussieht wie ein Klumpen Magneteisen, den man in eine Büchse Grammophonnadeln gehalten hat. Ein struppiger Hund schleicht während der Prozedur mit eingeklemmtem Hinterteil heran und schreckt bei jeder meiner kleinen Bewegungen auf eine jämmerliche Art zurück. Kaum habe ich mich aber zum Gehen gewendet, macht er sich an das Steinbecken heran und säuft meinen Bart.

Nun gehe ich ein Stück auf dem staubigen Weg, und meine nassen Füße werden davon ganz dunkel. Aber da schlägt's doch dreizehn! Vor meinem Zelt stehen zwei Gendarmen in vollem Kriegsschmuck mit Bajonetten an den Schießprügeln, mächtigen Patronengurten und steifen, schwarzen Hüten mit Hahnenfedern daran wie die Bersaglieri.

Ich habe eine sehr friedfertige Laune und gar kein Verlangen danach, mich an einem so hellen Morgen mit den trübseligen Praktiken einer fremdländischen Bürokratie zu beschäftigen. Ich trete mit offensichtlicher Unbefangenheit aus den Büschen, damit die Gendarmen von vornherein von meinen lauteren Absichten überzeugt werden.

Es sind zwei blutjunge Kerle, die mich mustern, als ob ich mir im nächsten Augenblick die Brust zur Erschießung waschen müsse. Und nun bekomme ich doch ein böses Gewissen wegen der beiden Wasserpolizisten.

Ich kenne mich zwar in Betonung und Klang der ungarischen Sprache nicht aus. Was sie mir aber sagen, scheint nicht besonders liebenswürdig gemeint zu sein. – Als Antwort kann ich jedoch nicht mehr hervorbringen als ein bedauerndes Achselzucken und ein friedfertiges Tauschhandelsgrinsen.

Die Gendarmen scheinen aber diesen Fall durchaus nicht von der leichten Seite nehmen zu wollen und debattieren eine Weile erregt untereinander, während ich mich mit gut gespielter Seelenruhe über mein Frühstück mache.

Jetzt zieht einer der beiden Gendarmen ein paar Briefe aus seiner Tasche und hält sie mir vor das Gesicht. Dabei starrt er mich stupid an und deutet abwechselnd auf die Briefe und auf meine Brust.

Ich hole aus meiner Kartentasche eine Handvoll Papierkram heraus: Donauführer, Straßenbahnfahrscheine aus Wien, ein paar Briefe und Notizzettel, und breite das alles mit unschuldsvoller Miene vor den Gendarmen aus.

Die stellen ihre Gewehre an einen Baum und schauen sich alles der Reihe nach eingehend an, wobei die gestempelten Papiere ihr besonderes Interesse finden. Doch nach einer Viertelstunde eifrigen Sichtens und Hin- und Herdrehens schütteln sie ablehnend die Köpfe und bedeuten mir kläglich, das sei alles nicht das Richtige. Anscheinend bin ich der erste Ausländer, der ihnen unter die Hände kommt, und ihr Mißerfolg nimmt ihnen gleich alle Würde. Während sie betreten vor mir stehen und nach einer neuen Ausdrucksmöglichkeit für ihre Absichten suchen, fällt mir ein, daß ich ja noch das ungarische Triptique in der Tasche habe. Wie in einer plötzlichen Erleuchtung greife ich mir an den Kopf und hole das Triptique, eine respektheischende, wie eine Ansichtskartenserie vielfach zusammengefaltete Angelegenheit von der Stärke eines Schulaufsatzheftes, mit Stempeln und Unterschriften reichlich versehen.

Die Gendarmen lassen die Angelegenheit aufflattern, und ihre Züge erhellen sich, denn sie haben ungarische Stempel erkannt. Nun lesen sie meinen Namen auf eine ganz seltsame Art und sehen mich fragend an, worauf ich mit dem Kopf nicke. Die beiden freuen sich wie Kinder, denen man ein schon lange ersehntes Spielzeug gibt. Sie klopfen mir auf die Schulter, ich klopfe aus Sympathie wieder. Sie sind so von mir begeistert, daß sie auch noch mein Gepäck mit zum Boot tragen, nachdem sie sich jedes Stück von allen Seiten beguckt haben.

Ich steige ein und nehme mein Paddel, schüttle den Gendarmen die Hand, stoße ab, und los geht's!

Die Gendarmen stehen am Ufer und winken, bis ich hinter einer Flußkrümme verschwinde.

Uferweiden an der Kleinen Donau,
Rohrfeder- und Pinselzeichnung

Der bunte Markt von Moçon

Jetzt kann ich lustig pfeifen! Meine Jolle liegt ein ganzes Stück tiefer im Wasser. – Was habe ich hier zwischen meinen Waden? Eine riesengroße Wassermelone und ein halbes Dutzend faltiger roter Tomaten, so groß wie Babyköpfe. Und was fühle ich da mit der rechten großen Zehe? Gurken sind das, mein Lieber, herrliche Gurken, und ein paar der zartesten Maiskolben. Und was da hinter mir liegt, sind Zwiebeln und rotbäckige Äpfel. Weiter hinten im Heck habe ich ein Kochgeschirr voll Pflaumenmus gestaut, ein Kilo Weintrauben sind auch dabei, von Käse, Brot, Eiern und natürlich Butter gar nicht zu reden! –
Oh, ich war auf dem Markt, diesem fabelhaften Markt von Moçon! Und jetzt weiß ich auch, wo der regenprasselnde Völkerwanderungszug heute morgen hinwollte. In einer unabsehbar langen Reihe standen die Ratterkästen mit müden Pferden vor der staatlichen Getreideaufkaufstelle.
War das eine Hitze! Und dann der gespritzte Wein und dieser verfluchte Paprika und der Herr Pfarrer mit seiner guten Küche! Man sollte den

Hut abnehmen, wenn man einen aufhätte! Dieser Markt war ein großartiges Feldlager mit mehr Marketenderinnen als Landsknechten. Die Landsknechte feilschten auf schwäbisch, ungarisch und kroatisch um Getreide und Pferde, soffen in den Schänken, und die Marketenderinnen saßen in der Sonnenhitze in ihre Röcke versunken auf der Straße und verkauften, was sich nur irgend verkaufen ließ: verrostete Schlösser, Gänse, Mehl, breitgetretene Stiefel, Hosen, Strümpfe, Peitschenschnüre, Kohlköpfe, Eier, Melonen und diesen hundsföttischen gelben, roten und grünen Paprika. Ein zweites Mal beiße ich nicht in grüne Paprikaschoten. Sollte mir einfallen! Ich dachte, mein Mund wäre der Ätna!

Und billig ist das Zeug! Nicht zu sagen! Ich kam den ungarischen Bäuerinnen genau so komisch vor wie sie mir, und manchmal bezahlten sie für das Vergnügen, mich betrachten zu dürfen, aus freien Stücken mit Viktualien.

Die Behörde, die meinen Paß stempeln sollte, gab es gar nicht, und ich wurde nach langem Palaver zum Oberstuhlrichter ins nächste Dorf geschickt. Nachdem mir der Herr Oberstuhlrichter eine ganze Seite in meinem Paß mit Hieroglyphen vollgekritzelt hat, sagt mir ein deutscher Kaufmann, wenn ich etwas über Landschaft und Leute erfahren wolle, müsse ich zum Pfarrer gehen, der sei ein weitgereister Mann und mittags bestimmt zu Hause.

Der Pfarrer hat ein gutmütig-melancholisches Gesicht, von seinen äußeren Augenwinkeln strahlen eine Menge kleiner Falten aus, seine Augen sind listig und huschen flink hin und her. Seine Rede aber ist bedachtsam.

Das Essen wird gerade aufgetragen. Ein paar große Terrinen und mächtige Platten mit fettigen Gemüsen und wunderbar duftendem Braten. Der Pfarrer sagt, ich müsse mit dem wenigen vorliebnehmen, und läßt sich mit Würde unter seinem mit großartigen Siegeln versehenen, schwer gerahmten Doktordiplom auf seinen Platz nieder. Eine trübselige Frau, ein junges Mädchen und ein junger Kaplan sitzen mit zu Tisch.

Bei einer Fleischsuppe, die das reinste Öl ist, bedenken wir uns mit freundlichen Gemeinplätzen, und ich beantworte der Reihe nach die üblichen Fragen:

»Nein, auf der Donau.«

»Ja, mit dem Boot.«

»Ja, ein Klepperboot zum Zusammenpacken.«

»Nein, im Zelt.«

»Nein, nur zum Spaß.«

Der Pfarrer gibt das Fragen auf, er beginnt, von den ungarischen Verhältnissen zu sprechen, von den großen sozialen Gegensätzen, den vielen ungelösten Problemen und großen Hoffnungen, die Ungarn auf das Reich setzt.

Nie sagt er Ungarn, sondern immer nur »Restungarn« oder »Rumpfungarn«. Und als er von der Vergewaltigung von Trianon spricht, wird er leidenschaflich und erbittert.

»Man hat uns die Luft abgedrosselt! Fast die gesamte Industrie, fast alle Bodenschätze und vor allem fast alle Kohle hat man uns geraubt! Wir fordern Revision! Wir geben uns nicht zufrieden! Nem nem soha! Nein, nein, niemals!«

Ich begleiche die Schulden der Gastfreundschaft durch Photographieren der Wirte, wobei ich einen wirkungsvollen Hokuspokus mache, um die Leute nicht durch die Einfachheit meiner Kamera zu enttäuschen.

Kierling ist ein fast ganz deutsches Dorf mit fränkischen Gehöften an der breiten, ungepflasterten, von Bäumen bestandenen Straße. Die Kleine Donau windet sich in einem fast stundenlangen Bogen um den Ort herum und trifft sich am Ausgang des Ortes wieder.

Als ich ankomme, sind die Bauern alle auf den Feldern hinter den Höfen zum Dreschen. Die Krone des Jahres ist erreicht. Die Dreschmaschine puppert nun von Sonnenaufgang bis in den späten Abend, und die Bauern reichen die

Ungarisches Mädchen beim Melonenessen,
Feder- und Pinselzeichnung

vollen Garben mit langen hölzernen Stangen hinauf oder schichten das ausgedroschene Stroh zu einem Feimen. Als ich herankomme, halten sie eine Weile inne und fragen mich erfreut, wie es zu Hause in Deutschland gehe. Sie erzählen, daß sie nur Teilarbeiter, kleine Bauern seien, die beim Drusch ihren Anteil bekämen. Aber da komme der Bauer selbst, dem der große Hof gehöre.

Der reiche Bauer trägt weißes Leinenzeug und verstaubte Stiefel. Er hat den Hut tief ins Gesicht gezogen, im Schatten der Krempe sieht man nur einen verwegenen Schnauzbart. Nachdem er ein paar Anweisungen gegeben hat, führt er mich nach seinem Hofe und erzählt mir auf meine Frage, daß die Kinder Deutsch und Ungarisch in der Schule lernten. Der Pfarrer predige deutsch, nur einmal im Monat müsse er ungarisch zelebrieren. Auch in der Geschichte des Deutschen Heidebodenlandes ist er bewandert: »Dieser Landteil hat eine bewegte Vergangenheit und nicht weniger als achtmal den Besitzer gewechselt. Nach der großen Gefahr der Magyarisierung ist das Zusammengehörigkeitsgefühl der Deutschen durch den Weltkrieg wieder geweckt worden. Die Bauern sind schwäbischen und bayerischen Stammes, es finden sich hier aber auch einige von Kroaten bewohnte Dörfer.«

Mit hü und hott fährt ein Wagen nach dem anderen vor und lädt pralle Säcke ab. Das erste Brot vom neuen Korn liegt auf dem Tisch der niedrigen Bauernstube. Und ich sitze mit der Familie des Bauern am Tisch und muß von Deutschland erzählen. Zum Brot gibt es mit Wasser gemischten Wein und Speck und saure dicke Milch. Unzählige Fliegen summen in der Stube herum, und aus einer Wiege schreit ein Kind.

Es ist heiß, die Sonne sengt und dörrt vom frühen Morgen an. Eine dumpfe Beklemmung liegt in der Luft. Von ferne rollt hin und wieder murrender Donner. Flußauf ist viel Schwarz ins Blau des Himmels gemischt. Das Land liegt nun hitzig und bereit und wartet in dumpfem Drang. Die Schwalben fliegen tief. Doch der Himmel versagt sich wieder wie gestern, wie vorgestern. Flußauf standen vorhin mißfarbige Gewitterwolken. Jetzt stehen die dunklen Wolkentürme flußab. Die Cis-Duna hat wieder einen großen Bogen geschlagen. Der Fluß läßt das Land an sich vorüberdrehen wie auf einer großen Scheibe.
Die deutsche Sprachgrenze liegt schon hinter mir. Als ich jedoch vor dem Dorf Mecsér anlege, ruft mir ein junger Mühlknecht aus dem Fenster einer Schiffsmühle zu: »Guten Tag, mein Herr!« Erstaunt und erfreut wende ich mich um und fra-

Deutsches Gehöft an der Kleinen Donau,
Rohrfederzeichnung

ge, wo ich im Dorf Milch bekäme. Er antwortet: »Guten Tag, mein Herr!« und strahlt, mich heranwinkend, über sein ganzes mehlbestaubtes Gesicht. Auf den Mehlsäcken hat er eine zerfetzte deutsche Grammatik liegen und zeigt mir stolz ein kleines Heft, in das er mit ungelenken Buchstaben deutsche Vokabeln abgeschrieben hat. Nun freut er sich über die Maßen, daß ihm endlich einer unter die Finger gekommen ist, der in dieser seltsamen Sprache Bescheid weiß, er drückt mir das Heft in die Hand, daß ich ihn abhöre. Ganz zuoberst steht: »Guten Tag, mein Herr.«

Ein Roßgarten reicht bis zum Ufer. Schwer und gemächlich grast eine braune Stute mitten in der Umzäunung. Zwei hochbeinige Fohlen aber tummeln sich am Gatter, reiben den Widerrist an den Balken und wollen hinüber auf die anderen, unbekannten Wiesen. Während die Stute gleichmütig ihr Gras zupft, tänzeln sie ungeduldig und stampfend, einen Durchlaß suchend, am Gatter entlang. Sie sind wie junger Most. Ich denke daran, daß es auch mir noch an Gemessenheit fehlt. –

Ein mit Weiß vermischtes Karminrot ist breit über den Himmel gestrichen. Es ist sehr still. Das Paddel liegt vor mir. Ganz langsam schiebt mich der träge Fluß an den verwilderten, sich selbst überlassenen Ufern vorbei. Ich fühle mich von innen heraus wachsen und spüre eine starke, unbändige Freude. Der Fluß macht es, das stille, gemächliche Wasser und der weite Himmel.

Ein Fisch springt hoch, blitzt in der Sonne und fällt zurück, auf dem Wasser entstehen Ringe, die immer größer werden und vor lauter Größe zergehen. Der Wind weht nur hoch oben über der Erde und schiebt ein paar Wolken vor sich her. Hier über dem Fluß aber steht die Luft still.

Rinder kommen ans Wasser, saufen und tragen dann ihre schweren Leiber bedächtig die Uferböschung wieder hinauf. Nun kommen mir Ruderboote entgegen, eins, zwei, drei, – ein ganzer Zug. Ein kleines Motorboot huscht an ihnen entlang, und ein Mann mit einer weißen Mütze schreit den rudernden Männern durch ein Sprachrohr Befehle zu.

Die Stadt Raab kündet sich an. – Ich bummle durch die große, wohlhabende Landschaft und kaufe mir zwei Zuckermelonen. Nun werden mich auch bald wieder die Kilometertafeln an den Ufern der Großen Donau begleiten, denn hinter Raab mündet die Wieselburger Donau in den Hauptstrom zurück.

Am nächsten Morgen wird es gar nicht Tag. Der Himmel schleift düster und tief über das Land, ich muß scharf gegen den Wind anpaddeln, der schräg von vorn kommt, und mich mühselig bis zur Rückmündung der Kleinen Donau durchkämpfen. Mein Boot reitet auf und ab. Mit dem Bug sägt es die Wellen an, daß das Wasser aufspritzt und mir vom Wind an den Körper geklatscht wird. Ich arbeite mit aller Kraft und komme fast nicht vorwärts.

Das Vérter Gebirge ist an den Strom getreten, und in der Ferne wölben sich hinter schnürendem Regendunst die Rücken des Bakonyer Waldes aus all der Ebenheit auf. Am frühen Morgen gehe ich müdegekämpft und durchnäßt an Land, hole meinen rußigen Topf hervor und richte mir im Windschutz des unterwaschenen Ufers ein paar Steine zum Abkochen. Es dauert eine Ewigkeit, bis ich das feuchte Holz zum Brennen bringe. Am späten Nachmittag esse ich meinen Topf Reis mit Zwiebeln und Tomaten.

Ich kann jetzt nicht hier sitzen bleiben und bes-

seres Wetter abwarten. Ich habe eine unbezähmbare Unrast in mir, ein böses, drängendes Gift.
Der Wind hat sich nicht gelegt. Die Wellen flattern mich noch wilder und zügelloser an. Ich
muß unentwegt paddeln, damit mich die Wellen
nicht quertreiben und umwerfen. Ich lache und
schimpfe und brülle, und dann ziehe ich nur die
Lippen nach innen und beiße darauf herum. Teufel, ist das ein Wetter! Der Himmel ist bewegt
wie der Strom, feindlich grau und wild zerfetzt.
Verbissen reiße ich die Paddelblätter durch das
stampfende Wasser. Das Land ist versunken hinter dem Regendunst.

Als ich eine Weile atemschöpfend verhalte und
das Boot nur durch Steuerschläge immer wieder
gerade richte, höre ich hinter mir das Stampfen
eines Schleppers. Das springt wie Elektrizität in
die Knochen! Jetzt gilt es! Drei leere, nebenein-
andergehängte Kähne hat der Dampfer am Seil.
Ich richte die Paddelhälften, die sich in der Hülse
am Schaft leicht verdreht haben, schnell recht-
winklig zueinander und steure das Boot bis ganz
dicht an die Fahrrinne des Schleppers. Jetzt rauschen neben mir die Schaufelräder auf, dann
zieht das Hinterschiff des Dampfers vorüber, und
nun taucht die hohe schwarze Wand eines Kahnes auf.

Mein Boot wird vom Paddelschlag vorwärts gerissen. Links und rechts, links und rechts, was das Zeug hält!

»Nicht locker lassen!« brülle ich mir zu.

Jetzt sehe ich schon das Dach des Steuerhäuschens. Nur das Dach, so nahe bin ich an den Kahn herangefahren. Fast berühre ich mit dem Paddel die Eisenwand. Da rauscht schon hinter mir die Bugwelle des Beibootes. Jetzt heißt es aufpassen! Eine Welle will mich querschlagen. Ich tue einen mächtigen Zug, daß mein Bug hochsteigt, jetzt habe ich das Beiboot neben mir, und nun ein Griff, und ich hab's geschafft. Der Dampfer zieht mich! Hurra!

Ich steuere mein Boot zwischen das Ruder und den großen Holzkahn, weil dort das Wasser ruhiger ist. Hoch ragt neben mir das Ruder aus dem Wasser.

Ein Hahn kräht auf meinem Kahn. Auf dem rumänischen Kahn daneben kräht ein anderer Hahn zur Antwort. Auf dem griechischen bellt ein Hund.

Und nun kann ich umsteigen und mich räkeln und brauche mich um die Kilometertafeln nicht mehr zu kümmern.

Hinter dem Kahn ist das Wasser glatt wie Öl. Der spitze Bug meines Bootes hat sich in das Kehrwasser der Bugwelle des Beibootes geschoben, und ich brauche meinen »Stups« gar nicht festzubinden. Er wird gegen das Beiboot gedrückt und mitgezogen.

Schnell und wie ein schlecht belichteter Film ziehen die Ufer vorüber. Felder, ein Dorf, eine Weidengruppe, eine Zementfabrik und in der Ferne dahinter die runden Rücken des Vérter- und des Pils-Gebirges am rechten Ufer.

Nun komme ich heute noch nach Gran!

Hoch über mir hat ein Matrose seinen Kopf über den Bordrand geschoben und bedeutet mir durch Gesten und fremdsprachige Rufe, daß ich losmachen solle.

»Haha, könnte dir so passen!« –

Ich merke nicht, daß es Abend wird. Der tiefhängende Himmel wird nur ganz allmählich ein paar Töne dunkler.

In der Ferne taucht die hohe, kuppelgekrönte Basilika von Esztergom auf.

Nun fahren wir unter einer Eisenbahnbrücke hindurch.

Ich sitze wieder in meinem Boot und döse. Auf einmal wird das Rauschen des Wassers um ein paar Zeitmaße heftiger. Erschreckt rapple ich mich hoch und sehe, daß das Ruder ein großes Stück ausgeschlagen hat. Jetzt drängt sich das Beiboot immer näher ans Ruder heran. Einen kurzen Augenblick lang, während ich versuche, mein Boot aus der immer enger werdenden Lücke zwischen dem schweren Holzkahn und dem Steuerruder herauszubringen, überlege ich, was da vorn wohl geschehen sein könnte. Dann ereignet sich alles in Sekundenschnelle. Das Ruder schlägt ganz herum. Mein Boot wird mit dem Bug nach unten gedrückt und schiebt sich unter das Beiboot.

Die Spritzdecke ist nicht geschlossen.

Jetzt säufst du ab! durchzuckt es mich. – Mit aller Kraft klammere ich mich am Holzkahn fest und versuche, mein Boot mit dem Körper festzuhalten. Da läßt auf einmal der Druck des Wassers nach, ich kann mich vom Holzkahn wegdrücken, und mein Bug kommt wieder hoch.

Für den ersten Augenblick ist es mir unfaßbar, daß ich noch schwimme. Ich sitze ganz starr vor Schreck in meinem Boot wie in einer halb gefüllten Badewanne. Das Heck taucht kaum mehr aus dem Wasser. Vielleicht tragen mich jetzt nur noch die Luftbeutel.

Mit fliegenden Pulsen treibe ich mein Boot ans Ufer und fahre schwer auf, dann steige ich ins Wasser und werfe die durchnäßten Sachen auf den Uferkies. Der Schleppzug liegt draußen im Strom vor Anker. Er hat einen großen Bogen gefahren, so daß der Dampfer jetzt stromauf steht und die Kähne am Seil gegen den Strom hält, bis auch sie Anker fallen lassen. Dieses unerwartete

Manöver wäre mir beinahe zum Verhängnis geworden.

Gran heißt der Ort. Werde ich mir merken!

Der Himmel ist wie eine große Marmorplatte gebändert. Rot liegt der Sonnenball auf den Höhen des Pils-Gebirges auf. Die Dünste über dem Strom zerteilen sich, und nun löst sich auch die Sonne von den nebelfahlen Waldrücken und schwimmt frei ins kalte Blau.

Dichte Buchenwälder und Weingärten senken sich zum Strom herab. Die Donau hat hier ihren Durchbruch durchs ungarische Mittelgebirge gefunden. Wenn ich dicht am Ufer hinfahre, höre ich die Grillen zirpen. Dann knallt auch einmal eine Peitsche, oder ich höre, wie in den Uferwiesen eine Sense gedengelt wird. Der Strom zieht mich ganz dicht am Ufer hin. Bei Visegrad lege ich gegen Mittag an. Ich möchte wieder einmal von einem Berg über das Land schauen können und steige zur Plintenburg hinauf, wo die Könige aus dem Geschlechte Arpàds und des Mathias Corvinus residierten.

In vielerlei getöntem Grün stürzt sich dichter Laubwald ins Tal hinab. Wiesenstreifen und gelbe Weizenfelder, ab und zu auch ein Stück aufgeworfenen Ackers strecken sich neben dem himmelhellen Band des Stromes.

Bald spaltet sich der Strom und umfließt die
30 km lange Andreasinsel. Weitzen taucht auf,
und die Donau wendet sich scharf nach Süden
und tritt in die ungarische Tiefebene ein.

Es sind nur noch 30 km bis Budapest. Ich bin voller Ungeduld und Erwartung und paddle wie auf
einer Rennstrecke. Ruderer kommen mir entgegen, und als die Sonne hinter den Horizont rollt,
tauchen Gasometer und Petroleumtanks und Fabrikschlote auf. Häuser stehen dicht am Ufer. Ich
fahre unter einer Brücke hindurch, und bald finde
ich am rechten Ufer das Bootshaus des DDSG-
Clubs und baue mein Zelt im Garten unter dichten Bäumen auf.

Der Mond steht schon fahl am Himmel, in der
Dämmerungsmilch ist ein wenig rotes Gold gelöst, und die kleinen Dampfer, die draußen auf
dem Strom vorüberziehen, haben ihre roten und
grünen Laternen angesteckt. Es dauert nicht
mehr lange, bis der Mond zu leuchten beginnt
und flußab ein rötliches Licht das Dunkelblau
des Abendhimmels durchdringt.

Dort liegt Budapest!

Donaukahn im Schwimmdock bei Budapest,
Kreidezeichnung

Durch die fast ländlichen Straßen von Obuda mit ihren ebenerdigen Häusern fahre ich mit der Straßenbahn bis zur Kettenbrücke. Am Donaukai liegen Dampfer aus aller Herren Länder. Neben dem Grünweißrot Bulgariens, dem Rotweißblau Hollands flattert sogar der Union-Jack. Am gegenüberliegenden Ufer breitet sich selbstbewußt und großartig das Parlamentsgebäude mit seiner hohen Kuppel und der Vielzahl feiner, filigranartig durchbrochener Türmchen aus, das Emmerich Steindl »als stolzen Ausdruck des Ungarntums« baute, wie es in meinem Prospekt heißt.

Neben ein paar Arbeitern, die das Geländer am Kai angestrichen haben und ihre mennigeroten Hände in Terpentin waschen, hocke ich auf einer Stufe, die zur Donau hinunterführt, und schaue beglückt über das in der Sonne gleißende Band des Stromes. Ein mit bunten Fahnen geschmückter weißer Ausflugsdampfer kommt stromauf und ist eine Weile vor lauter Sonnenglast gar nicht zu sehen.

Ich steige eine der steilen Gassen hinauf. Bald liege ich in einer Wiese und betrachte in dionysischer Verzückung das wunderbare Bild der Stadt, durch deren unabsehbares, von Wolkenschatten überflügeltes Häusermeer sich das helle Band des Stromes hindurchwindet.

In einem Schaufenster sind Füllfederhalter ausgestellt mit dem heiligen Stephan darauf. In einem anderen Laden gibt es rote Halstücher, auf die ganz Budapest gedruckt ist, mit Parlament, Donaubrücken, einem großen weißen Dampfer, Margit-Hid, Burg, Fischerbastei und zwei weißen Blumenkohlwolken und einer sidolblanken Sonne dazwischen.

»Ach ja, man müßte sich so etwas kaufen können. Drei, vier Stück, und das Bötchen damit über die Toppen flaggen.«

Am Schaufenster eines Obstladens ist Tizians Mädchen mit der großen Früchteschale abgebildet, und darunter liegt alles üppig und verschwenderisch hingebreitet, – der ganze Segen der Erde: Pfirsiche mit braunroten Wangen, dunkelviolette, fast schwarze und zum Platzen dralle Weintrauben, ein unverschämt grüner Salathaufen, daneben gelber, grüner und knallroter Paprika, große dunkelgrüne Wassermelonen, von denen einige aufgeschnitten sind und das wollüstige Rot ihres Fruchtfleisches sehen lassen. Chromgelbe Zitronen, blankgeputzte Äpfel, zart getönter Mais, stumpfgrüne Riesengurken und faltige Tomaten, so groß wie Babyköpfe. Ein Farbenfest, das die Seele labt.

»Diese Augenweide!« ruft der Rahmabschlecker. »Oh, du mein Himmel, wenn ich das esse, kriege ich alle diese Farbenglut in mich hinein.« Ein dicker Händler kommt aus der Schattenhöhle des Ladens dienstfertig heraus, und ich deute auf den Melonenberg. Er reicht mir einige der großen grünen Kugeln, ich wiege sie in den Händen, tändele damit herum wie mit Medizinbällen, beklopfe die harte grüne Schale mit der Miene eines untersuchenden Arztes und kerbe sie mit dem Daumennagel ein. Dann berieche ich sie.

Ich weiß zwar nicht, auf welche Weise sich das gute Innere einer Melone kundtut. Aber ich habe Leute beobachtet, die einen sehr erfahrenen Eindruck machten und die Sache so handhaben. Es gehört anscheinend auch zur Spielregel, daß man nach der Prüfung der ersten Früchte, die einem der Händler hinreicht, Zeichen der Entrüstung von sich gibt und sehr empört tut, für einen so schlechten Melonenkenner gehalten zu werden. Daß die vierte Melone, die ich nun mit fachmännischer Miene in den Händen wiege, wirklich zu den erlesenen Exemplaren gehört, ist mit Sicherheit anzunehmen, denn der Händler sieht ja schließlich, daß ich mich auf die Sache verstehe. Dann teile ich die Frucht mit dem Taschenmesser in zwei Hälften, kratze die flachen schwarzen Kerne heraus und grabe die Zähne in das blutrote Fleisch, daß mir der Saft nur so zu den Mundwinkeln herausrinnt. Dabei hat man allerlei unterhaltende Vorstellungen vom afrikanischen Busch.

So bummle ich über die eleganten Boulevards der »Königin der Donau«, melonenfletschend, mit siebeneinhalb Pengö in der Tasche, und benehme mich keineswegs wie bei Hofe.

Aus einer Tür guckt ein Bauch. Bloß dieses fragmentartige Stück Bauch, sonst gar nichts. Das ist recht lustig anzusehen. Neben einer großen Singer-Nähmaschine-Reklame hockt eine dicke Frau mit einer behaarten Warze auf der Nase vor einer blechernen Tonne, in der sie Maiskolben kocht. Ich hole mir einen und knaupele daran herum, als ob ich eine Mundharmonika an den Lippen hätte.

Dann betrachte ich eingehend die blutrünstigen Physiognomien zweier steinerner Löwen, die wie in epileptischer Starre vor den Pfeilern einer großen Brücke ruhen und der goldenen Inschrift in ihren Sockeln ehrfurchtheischenden Nachdruck geben.

Es gibt übrigens erstaunlich viele Denkmäler in Budapest: Rakoszys, Cossuths, Szechenys, Andrassys, Diszas – mit diplomatischen Gesten und auch zu Pferde –, lapidare Versinnbildlichungen der Staatskunst. – Auch Adler, die ewig im Augenblick des Auffliegens begriffen sind, Jünglinge mit undurchsichtigen, allegorischen Hintergründen, mächtige Herkulesse, Titanen mit Bäuchen, die vor lauter Muskeln aussehen wie Walnußsäcke, und Mädchen, völlig nackte Mädchen, bloß für die Augenweide.

Plötzlich übertönt eine selbstbewußte Tschinderassatsching-Musik den charakterlosen Lärm des Verkehrs. Die Fußgänger verzögern ihre Schritte und recken die Hälse, bis sie den Zug erspähen, der gerade mit militärischer Ausführlichkeit um die Ecke schwenkt.

»Das sind die Abordnungen der Komitate, die zum Stephanstag eingetroffen sind. Die gehen jetzt zum Stadthaus, wo sie empfangen werden«, erklärt stolz ein alter Mann.

Oh, das ist Öl auf das nur schwach unterhaltene Lämpchen meines »Bildberichterstatter-Pflichtbewußtseins«. Kameratasche auf! Und nun beziehe ich mitten auf der Straße Stellung, damit der Zug mit Fahnen und Musik schön in das Schußfeld hereinmarschiert kommt.

Vornweg schreitet in großem Abstand, aufgebläht, ein schnauzbärtiger Polizist mit gravitätischen Stechschritten, die nichts mit grobem Kasernenhofdrill zu tun haben, sondern so weit verfeinert sind, daß sie beinahe ballettreif wären. Mit der rechten Hand macht dieser Polizist beiseiteräumende, mit der linken wegwerfende Bewegungen, was aber gar nicht nötig wäre, denn die Leute haben schon alle aus eigenem Antrieb die Straße geräumt und drängen sich neugierig auf den Bürgersteigen. Nur ich allein hocke noch mitten auf dem Fahrdamm und löcke wider den Stachel!

Die verkörperte Macht des Staates richtet im Näherkommen mit martialischem Grimm ihren Blick auf das Auge meiner Kamera.

Fünf Schritte – wer wird hier nachgeben? – Vier Schritte. – Groß wächst die Macht des Staates im Sucher empor – ich ziehe den Kopf ein – jetzt muß sie über mich stolpern – doch im letzten Augenblick schlägt die Macht des Staates einen schneidigen Haken und versetzt ihren Kurs einen Meter nach der Seite.

Das ist die Macht der Presse!

Ich habe das Gefühl, daß meine Kinnlade sich verbreitert hat.

Die Leute verlaufen sich, mit gestärktem Selbstbewußtsein schlendere ich weiter. –

Der Sprühregen einer Fontäne stiebt mir ins Gesicht. Das tut gut, ich pfeife mir ein Shanty dazu. –

Dieser Tag ist wieder ein Fettauge auf dem großen Zeitstrom. – Ich möchte jetzt ein Saxophon haben – ein kleines silbernes Saxophönchen. Das würde ich mit in mein Boot nehmen, und dann würde ich losfahren und den Himmel anblöken

durch ganz Budapest hindurch. An meinem Zeltplatz vorüber mit dudeldi und dudeldo, und unter
der Kettenbrücke würde ich einen mächtigen
Triller blasen, dann käme etwas Ernsthaftes für
das Parlament und das Regierungsviertel, und
hinterher ein paar Kapriolen für die Zitadelle, so
ungefähr: »Zi-zi-ta-delle! Zi-zi-ta-dolle! Zi-zi-
ta-dulle! Boh-boh!« Und vor der Burg würde ich
wie ein Donaudampfer tuten, vielleicht würde
dann ein Kammerfräulein zum Fenster heraus-
schauen.

Vor mir schlendern Amerikaner in weißen Pull-
overn. Ich trotte ihnen nach, dabei entgeht mir
nichts Sehenswertes, denn sie haben einen Führer durch Budapest. – Jetzt steuern sie einem
marmorgeschmückten Gebäude zu. – Drinnen
liegen in Vitrinen und Glasschränken Knochen
und Schädel, rostige Schwerter, goldene Fibeln,
alte zerfetzte Fahnen, Ritterrüstungen und sonst
allerlei, – alles für 30 Heller, für sechs Pfund
Tomaten gewissermaßen, die ich aber gar nicht
bezahlt habe. Als mir der Mann an der Kasse
das Billett entgegenhielt, habe ich ihn ge-
fragt:

»What's the matter with you?«, und da hat er gemeint, ich gehörte zu den eben eingetretenen
amerikanischen Boys.

Lange hält es uns nicht drinnen. Wir bummeln

weiter, wir schnuppern hier und gucken da, wundern uns über dies und das und finden es im ganzen gesehen recht hübsch.

Nun gehen wir in eine große Kathedrale, in der es in erster Linie recht schön kühl ist. Das kosten wir eine gute Weile aus, ehe wir weiterschlendern.

Es ist schon wunderbar, so gar nichts zu tun zu haben. Keinen Asphalt kochen zu müssen wie die schwarzen Kerle da, keinen Verkehr zu regeln und keine Gardinen zu spannen.

Und nun sind wir auf einmal vor dem Parlament. Da hinein wollen wir also! Warum auch nicht? Ich bin sogar einigermaßen neugierig, wie die Wände von innen aussehen, hinter denen regiert wird.

Konferenzräume, Telephon- und Schreibzimmer, Sitzungssäle – alles riesengroß in allen europäischen Stilarten mit viel Osmanischem darin! Anspruchsvolle Marmorwände, Säulenfluchten, goldene Geländer, Riesengemälde mit historischen Szenen und der übliche Führersermon: daß das Parlament 250 Meter lang wäre, und daß alles in allem 35 Millionen Gold gekostet und daß die Regierung gerade Ferien hätte.

Und dann hat man mich beim Rundgang vergessen, einfach vergessen. Ich sitze mutterseelenallein im großen Saal des Unterhauses. Ich finde das ganz wunderbar und koste die würdige Atmosphäre gebührend aus. Dann benutze ich die Gelegenheit, den Stuhl des Präsidenten auszuprobieren und den größenwahnsinnigsten Gedanken Tür und Tor offen zu halten.

Da ich wirklich ganz allein bin, mache ich ein paar einladende Gesten zu den Liberalen hin, beschwichtige die rumorende Linke und schlage ein paarmal mit staatsmännischem Groll auf das Pult:

»Ruhe, meine Herren! Ich bitte um Ruhe! Ich werde jetzt in Anbetracht der Tatsache, daß ich nur noch sieben und einen halben besitze, meinen Antrag vorbringen, den Pengö aufzuwerten. Ich bitte Sie, sich zum Zeichen Ihrer Zustimmung von den Plätzen zu erheben.«

Die Linke und die Kleinbauernpartei erheben sich geschlossen. Die Rechte mit der Regierungspartei nur teilweise – irgendwo protestiert einer laut – ich werde mir den Mann merken! In der Journalistenloge wird eifrig geschrieben – würdevoll gemessene Verbeugung meinerseits – mein erster großer politischer Erfolg!

Ich war eine geschlagene halbe Stunde in einem Verkehrsbüro, und obwohl die Auskünfte in Anbetracht meiner Finanzlage nicht besonders verheißend waren, merkst du an meinem fidelen

Gepfeife sicherlich, daß es sich doch gelohnt hat. Das Mädchen, das kleine wunderhübsche Fräulein, das mir Dampferverbindungen im Schwarzen Meer zusammengeklaubt hat, will mich durch Budapest führen! – Soll ich da etwa griesgrämig dreinschauen?

In meinem Kopf schwirrt es von Zahlen für Schiffsfahrkarten und lauter verwegenen Gedanken – ich bin richtig ein bißchen durcheinander geraten.

»Heute abend nach Geschäftsschluß!« hat das Fräulein gesagt und mir einen ganzen Stoß Prospekte unter den Arm gedrückt.

Es ist wieder heiß, ganz bannig heiß sogar, und meine Füße sind träge, als klebten sie am hitzeweichen Pflaster.

Da ist endlich eine Kirche, eine kleine Barockkirche mit ein paar steinernen Heiligen zu beiden Seiten der Pforte, deren Wallbärte windzerwühlt seitab stehen, obwohl es ganz erbärmlich heiß ist und nicht das geringste Lüftchen weht.

Drinnen ist alles geschweift, gekehlt, gekurvt, gewulstet und geschnörkelt.

Aber es ist schön schummerig und kühl und auf einmal ganz ruhig.

Kirchen sind wie Archen in der Sintflut des Verkehrs. Man ist geborgen, bekommt die Hände aufgelegt und wird beschwichtigt.

Budapest, Donaukahn mit Parlament,
Kreidezeichnung

Ich bin ganz allein, begrüße mit Kopfnicken die Heiligen an den Säulen ringsum der Reihe nach und hocke mich dann in eine Bank, wo ich meine Prospekte auspacke.

Bunte, verheißungsvolle Märchen von Ferne, Abenteuer und fremder Schönheit falten sich vor mir auseinander.

Ideallandschaften, Stadtpläne von Athen und Istanbul, Serpottastucks, Dampferrouten nach Afrika, Metopen aus Selinunt, das chinesische Kasino im Schloß Favorite, die Villa Giulia bei Palermo, das griechische Theater von Syrakus und schöne Mädchen mit langen Wimpern am Strand von Abbazia. Darunter steht in Französisch, Englisch und Deutsch:

»In dem Schimmer schöner Mädchenaugen spürt man die Lockungen weiter Fernen, errät man die Verheißungen warmer Liebesnächte!«

Ich denke: Hoppla! und gucke mir die Mädchen daraufhin näher an. – Teufel, das mit Abbazia müßte man sich eigentlich überlegen!

Aber der Heilige mit der hohen Tiara zu meiner Linken hat ein paar grimmige Falten über der Nasenwurzel und zeigt drohend mit der Rechten auf mich herab – jetzt schimpft er sogar dröhnend mit steinernem Mund: »Abtrünniger Lungerer! Elender Versucherlümmel! Hinweg mit deinem Weibszeug! Es lebe die Askese!«

Doch ich gebe kontra und schreie: »Es lebe das Leben! Das Leben, hurra! – Hurra, ihr wunderschönen Mädchen am Strande von Abbazia!«
Doch die Heiligen stampfen mit ihren Stecken, rauschen mit den Wallgewändern, und es gibt ein so wüstes Getöse, daß ich erschreckt meine Prospekte zusammenpacke und Reißaus nehme.
Aber gerade das schöne Faltblatt mit schimmernden Mädchenaugen, mit Lockungen und Verheißungen ist in der Kirche liegengeblieben. – Sollen die Heiligen sehen, wie sie damit fertig werden!

Die ersten Lichtreklamen beginnen wie Wetterleuchten vor einem Gewitter aufzuflackern. Vor den Kaffeehäusern werden Ruhegehältler in Plaids gepackt, und über blank radierten Asphalt huschen Taxis.
Es ist Zeit, das Mädchen abzuholen. Meine Uhr, die wochenlang stillstand, geht wieder. Ich habe in der letzten Viertelstunde das versäumte Zeitablesen der vergangenen Wochen nachgeholt. – Nun laufe ich über den Mussolini-ter. Eine Menge ungestümer Erwartungen bedrängen mich. – An einer Apotheke hängt ein Schild: »Keep fit, and enjoy your life!«
Da, zwischen gleißenden Schaufenstern, ist das Verkehrsbüro. Man kann durch eine halb offen

stehende Milchglasscheibe in den Laden hinein-
sehen. Vor leuchtenden Plakaten und Schiffsmo-
dellen steht das Fräulein. – Nun sieht sie mich! –
Jetzt winkt sie sogar! – Ein ganz klein wenig nur,
daß die Leute im Laden nichts anderes meinen
können, als daß sie sich eben einmal über die
Haare gefahren wäre.

Und nun kommt sie wahrhaftig! Und hat ein ok-
kerfarbenes Blüschen an und auf dem Kopf eine
kecke weinrote Kappe mit einem kleinen
Schleier daran. Ihre Lippen sind rot wie Alpen-
glühen und immer vom Anflug eines Lächelns
umspielt.

Wir gehen nebeneinander inmitten einer grau-
schwarzen Menge durcheinanderschiebender
Menschen.

»Ist das ein Gedränge hier!« Zur Sicherheit
nehme ich sie am Arm.

Nur zur Sicherheit!

Nun gehen wir am Donaukai hin. Wie sich das alles so fügt!

Das Fräulein hat den roten Mund immer ein wenig offen, und manchmal schaut sie mich von der
Seite an. Wenn ich zurückschaue, wird sie nach
und nach ganz rot.

Nun klingt wieder ihre kleine helle Stimme auf:
»Sehen Sie da!« Sie deutet rückwärts.

Eine fröhliche Lichterphalanx drängt vom Pester

Ufer an die Donau. Lichtströme wogen vom Burgberg, überfluten die Stadt und werden von den Linien der Architektur des Parlaments, der Zitadelle und der Fischerbastei gesammelt oder schlingen sich wie Girlanden an den Bögen der Brücken über den Strom, der die zauberhafte Lichterflut auf seiner Schwärze spiegelt. – Und ganz in der Ferne lösen sich die Lichtströme in ein helles Geflimmer.

»O mein Himmel, ist das schön! Was für eine herrliche Stadt! Da leben Sie nun hier und haben sich daran gewöhnt, und am Ende wissen Sie gar nicht mehr, wie schön das alles ist!«

Unsere Schatten laufen vor uns her, ihr kleiner neben meinem großen. Manchmal irren sie wie in einer plötzlichen eigenwilligen Anwandlung ein Stück nach der Seite ab, oder sie drehen sich ganz um uns herum, wie es gerade kommt. – Und wenn ich mich ein kleines Stückchen hinter dem Fräulein halte, schmelzen sie wohl auch ein Weilchen zusammen.

»Was tun Sie hier?« will das Fräulein wissen.

»Oh, ich bin zu gar keiner nutzbringenden Beschäftigung qualifiziert. Ich fahre so herum and enjoy my life. – Ja, ich prüfe nach, ob das stimmt, was in Ihren Prospekten steht.«

Nun lacht das Fräulein wieder ganz hell und silbrig.

Plötzlich hebt sie strahlend ihr Köpfchen:

»Ich habe eine Idee!«

»So?«

»Ja, wir gehen nach Margit Hid!«

»Was ist das? Ein Café?«

Sie jauchzt hell auf:

»Ein Kaffeehaus? Nein, das ist das Spielimmerland, die Insel da drüben in der Donau!«

Der Wind weht ein paar Fetzen Musik über den nachtschwarzen Strom herüber. Lampions verstreuen buntes Licht, jetzt steigen sogar ein paar Raketen hoch.

Ich drücke den Arm des Fräuleins ganz fest.

»Ja, wir gehen tanzen nach Margit Hid!«

Ich bin ganz taumelig! Dieser warme blumige Abend! Und nun das Mädchen neben mir und drüben die Musik!

Rote, grüne und blaue Lampions um uns herum, Monde, Sterne, Fratzen, leuchtende Blumen spiegeln sich im blanken Parkett der Tanzfläche. Weich und schmelzend wiegt die Musik. – Ich sehe nur noch das kleine blonde Köpfchen des Fräuleins mit der hellen Scheitellinie. Ihr Gesicht hält sie gegen meine Brust gedrückt. – Ich spüre sie kaum. Ganz leicht und sanft schmiegt sie sich in meinen Arm.

Nun sitzt sie da und verschränkt die Arme hinter dem Kopf. Ihre Haut ist sehr weiß, und ihre

Zähne glänzen im Rot ihres Mundes. – Sie schaut mich an mit milchblauem Blick, und ich sitze da und schwätze törichtes Zeug.

Die Lichterströme werden nun schon unordentlich, und das Geflimmer in der Ferne verliert an Glanz. – Wir tanzen. –

»Bombom«, machen die Instrumente, und die Musik verlischt wie ausgepustet. – Auf knirschenden Kieswegen gehen wir unter dichten Bäumen hin an den Strand.

»Da liegt nun Budapest – und da drüben wohne ich. Dort neben dem dicken Stamm steht mein Zelt, und sehen Sie dort mein Boot? – Da, dicht am Wasser! – Ich möchte Sie jetzt gern einladen zu Schiffszwieback und einer Tasse Spirituskocher-Kaffee! – Aber wie hinüberkommen?«

Das Fräulein ist ganz still.

Als wir ein Stück weiter am Ufer hingehen, finden wir einen jungen Kerl, der im Schein einer großen Laterne an einem Motorboot hantiert und uns hinüberfahren will. – Das fügt sich heut abend alles so. –

»Das ist also mein Zelt! – Vorsicht, fallen Sie nicht über die Schnüre! – Dort liegt mein Boot!«

Wir hocken uns nebeneinander auf eine Zeltbahn dicht ans Ufer. Von Margit Hid klingt hin und wieder noch ein wenig Musik herüber. – Ein hell erleuchteter Ausflugsdampfer rauscht stampfend vorbei. – Dann steigt aus dem Strom die Stille auf und macht sich breit.

»Bleiben Sie noch lange hier?« fragt das Mädchen nach einer Weile leise und zögernd in die Stille hinein.

»Nein, ich will bald weiterfahren!«

»So.«

Das Mädchen senkt den Kopf auf die Kniescheiben, daß die Haare nach vorn hinunterfallen. Nun ist es wieder ganz still, eine lange Weile beklemmend still. – Dann bricht es auf einmal hastig und verworren aus mir heraus:

»Wissen Sie, was Sehnsucht ist? – Ich meine jetzt nicht Liebe und so. Verstehen Sie: Sehnsucht – aus dem ewigen Trott heraus! Sehnsucht nach irgendwelchen Ländern! – Ach ja, manchmal weiß ich gar nicht mal wonach. Ich sehne mich einfach. – Vielleicht ist es doch wie die Liebe. –«

Da liegt nun ein Mädchen neben mir auf der Uferböschung. Ein Mädchen mit Augen, die wie Sterne strahlen können. – Sie hebt ihren Kopf und sieht mich an. Doch ich starre mit weit geöffneten Augen auf den Strom vor mir, auf den Schein einer Laterne, durch den das Wasser hindurchfließt in ewiger Unrast.

Es tut mir gut, daß das Mädchen fortfährt, mich anzusehen. Nun treffen sich unsere Blicke. – Oh, sie ist ja so unbedacht, und ich bin ganz verwirrt und schwätze weiter: »Was da so fließt, ist ja nur Wasser. Aber wie es unruhig machen kann, – und an solchen Abenden, da ist das andere noch da – das hinter dem Sichtbaren.«

Ein Motorschiff wuppert draußen. Ein großer Scheinwerfer tastet sich am Ufer entlang. Er trifft uns – geblendet schlagen wir die Hände vors Gesicht – und schweift dann weiter, bis er die Kähne gefunden hat, die zur nächtlichen Bergfahrt angehängt werden sollen. Nun ist ein langes Rufen und Fluchen in fremden Sprachen in der Luft. Ankerwinden kreischen und Ketten rasseln, der Scheinwerfer verlischt, der Dampfer stampft ins Dunkel davon – nach Deutschland hinauf.

»Ach ja, damit fertig werden! Für eine Weile können Sie es beschwichtigen, aber dann sehen Sie ein Plakat wie in Ihrem Schaufenster, oder Sie lesen ein Buch, sehen einen Expeditionsfilm, und dann ist die gärende Sehnsucht wieder da, und die fremden, verheißenden Namen wollen Ihnen nicht aus dem Kopf: Tambico, Venezuela, Herjedalen, Guayaquil, Saipan, Uzolu – hören Sie, das ist schöner als Musik! Gott im Himmel, das ist die Welt! Und Sie hocken in Ihren paar Mauern mit Ihren verkümmerten Sehnsüchten, und es ist alles so verschlissen. Ja, und Sie müssen eben hinfahren!«

Ein paar Wolken treiben über den Mond. Die Musik von Margit Hid schwillt mit dem Wind an und ebbt wieder ab. Weit draußen im Strom ziehen die Laternen eines Fährbootes vorüber.

»Sehen Sie, ich fange gewissermaßen klein an. Ich fahre auf den Balkan. Ich will ins Schwarze Meer und dann nach Istanbul und weiter, wie es sich eben fügt. Aber wer weiß, ob ich hinkomme.«

»Dort oben hängt der türkische Mond«, sagt das Fräulein, »nehmen Sie ihn als ein gutes Vorzeichen.«

»Oh, ich möchte mit Ihnen fahren«, fügt sie dann so leise hinzu, als ob ich es gar nicht hören sollte, und es ist für einen Augenblick ein heißer Aufschwung in meinem Inneren. Ich halte ihre kleine warme Hand und fühle am Puls ihr Herz zucken.

Ja, Fleisch und Blut!

Liebe, Sehnsucht, Fernweh, – Gift im Blut! Süßes, ziehendes Gift! – Törichte, verwegene Gedanken!

Ja, es ist wie die Liebe!

Müde wird der Strom

Die Schatten der letzten Brücken Budapests huschen über mein Boot.
Am Ufer warten Schlepper auf Ladung. Ich paddle zügig, um aus dem Bereich der Industriebauten, Werften und Tankanlagen herauszukommen.
Dann lasse ich mich treiben. Ich schaue ein wenig in den wolkenträchtigen Himmel und denke dabei allerlei Vernünftiges, das sich auf die Strecke vor meinem Bug, den Kalender und meine zerrütteten Geldverhältnisse bezieht, und mancherlei Unvernünftiges.
Ich denke auch an die bunten Blumen auf dem Mieder des braunäugigen Mädchens aus Szakmà, an die Schönen aus Atkà mit dem goldgestickten Haarschmuck und den samtenen Kitteln, auf denen sich buntschillernde Schmetterlinge, köstliche Blumen, vielzackige Blätter und kleine Vögel wie ein buntes Rankenwerk durcheinander wanden. Die schmalste von ihnen trug über der quellenden Fülle ihrer vielen gestärkten weißen Röcke einen weitgebauschsten roten, so rot wie die Fruchthöhlen aufgeteilter Melonen. Wenn sie sich setzte, versank sie bis zum malvenrosa Mie-

der in der tiefdunkelroten Stoff-Flut, und über und über mit bunten Blumen bestickte Strümpfe wurden sichtbar, die in azaleenroten Pantoffeln steckten. Um die Hüften trug sie ein ultramarinblaues, mit kleinen Vögeln besticktes Band, und auf dem dichten schwarzen Haar hatte sie ein kleines, chromgelbes Mützchen mit Perlen und künstlichen Blumen und vielfarbigen Bändern daran.

Sie war so bunt und schön wie das Gefieder des Paradiesvogels oder wie eine Wiese mit Klatschmohn, gelben Margueriten und Rittersporn darin. Es war eine Augenweide, sie anzusehen! Doch als ich sie mit dionysischer Verzückung, von der Farbenflut ganz berauscht, betrachtete, begann sie plötzlich mit fuhrknechtsmäßiger Lautstärke ausgiebig und mit sichtlichem Behagen zu rülpsen. –

Weiter treibt mein Boot in die ungarische Tiefebene hinein, auf dem großen Strom, der immer träger wird, wie müde und erschöpft vom langen Lauf.

Budafok mit den größten Weinkellern Ungarns zieht vorüber, und mich plagen eine Weile mancherlei Begierden nach goldschimmerndem Tokayer, der sogar die Toten auferwecken soll, nach dem Stierblut von Holau und dem süßen Gift Somlȳos.

Es ist sehr still. Nur mein Paddelschlag patscht regelmäßig. Der Strom verliert sich immer mehr in eine Unzahl von Nebenarmen, als klammere er sich am Land fest.

Die Stromgeschwindigkeit sinkt auf drei Kilometer in der Stunde herab. Das ist nicht viel, und es sind noch fast 500 km bis nach Belgrad.

Aber wenn ich zeitig genug aufstehe, in der größten Mittagshitze drei oder vier Stunden aussetze und abends bis in die Dunkelheit hinein gut durchhalte, glaube ich, daß ich am Tag 50 bis 60 km schaffen kann, wenn keine Gegenwinde aufkommen, die für den Faltbootfahrer zum ärgsten Hindernis auf Tieflandflüssen werden können.

Hinter einem breiten Schilfgürtel strecken sich die Felder der Insel Csépel, die 40 km lang ist und von vielen Deutschen bewohnt wird.

Hoch über mir kreist ein Bussard mit reglos ausgebreiteten Schwingen. Dann gleitet ein Storch mit weit vorgestrecktem Hals über den Strom und verschwindet hinter den Auwäldern.

Es ist heiß wie in einem Backofen. Die Sonne prallt mit scharfen Nadelstichen vom wolkenlosen Himmel herab, und ich muß mir Schultern und Schenkel mit weißen Tüchern schützen.

Paddel links! – Paddel rechts! – Paddel links! – Paddel rechts!

Ich sitze zusammengekrümmt in meinem Boot, und der Schweiß rinnt mir über die Kaskaden meiner Bauchfalten.

Das Wasser blendet, und ich muß eine geschwärzte Brille aufsetzen. Doch lange kann ich die Verfälschung der Töne durch die Gläser der Sonnenbrille nicht ertragen.

Auch der Steiß tut mir weh vom unbeweglichen Sitz. Dieser Schmerz ist überhaupt der Untergrund für alle anderen Gefühle.

Nun wird es wieder Abend.

Die Sonne rollt hinter die Auwälder hinab und verbrämt ihren Untergang mit einer Flut glühender Farben.

Frösche quaken aus dem Uferröhricht, und eine Schar Schwalben zuckt tief über dem Strom hin und her. Der westliche Himmel glüht nun in einem tiefen Rot wie auf durchleuchteten Kirchenfenstern, und der Tagausbeuter deklamiert:

»Dort weidet der Hirschbock mit dem Wunderhaupte,
Mit dem Geweihe vieltausendfach verzweiget.
Auf tausend Enden hunderttausend Lichter brennen,
Ungezündet, ungelöscht verlöschen.«

Nach einer Weile finde ich am rechten Ufer eine

kleine, unverschlammte Bucht. Ich steuere das Boot aus der Strömung und werde vom Kehrwasser hineingetragen. Leise fahre ich auf dem flachen Ufer auf. Nur das Nötigste packe ich aus und schleife das Boot über den Sand ein gutes Stück vom Wasser weg. Damit die Dampferwellen es nicht fassen und wegtragen können, schlinge ich zur Sicherheit noch die Fangleine um einen Wurzelstumpen.

Ich spüre wieder Gras unter meinen Füßen, und jetzt am Abend erst ist das Land Gewißheit. Tagsüber sehe ich ja vom Boot aus nicht mehr als ein paar versumpfte Wiesen, ein wenig Röhricht und zwei Streifen vom Wellenschlag unterwaschenen Ufers, hinter denen man die weiten Ebenen nur ahnen kann.

Die stumpfgrünen und braunen Töne der flachen Unendlichkeit verlieren sich schon in ein fahles, dunstiges Blau, das die Horizonte verschwimmen läßt. Die Galgen ferner Ziehbrunnen stehen wie geöffnete Bahnschranken gegen den roten Abendhimmel. – Hier und da hat der grasbedeckte Boden ein paar Buckel aus sich herausgetrieben. Kein Dorf ist zu sehen, kein Haus in der Nähe. Nur ein vergrämter Pfad zieht sich mit eigensinnigen Schneckenwindungen über das Land.

Ich bin sehr müde. Die Arme schmerzen vom

Paddeln. Dicht am Ufer baue ich mein Zelt auf. Nun sitze ich davor, drücke mein Brot gegen die bloße Brust und schneide es in große Scheiben. Dazu esse ich Speck und Melonenstücke.

Die Nacht steigt aus dem Strom. Die Dünste über dem Wasser gerinnen und schleiern über das Ufer herauf. Manchmal lösen sie sich voneinander, finden sich wieder und gewinnen neue Gestalt.

Es ist unsagbar still. Der Wind schläft schon, und das Wasser gibt am Ufer nur noch einen ganz kleinen knisternden Ton. Die Stille beginnt zu wachsen. Sie wird immer größer und schwerer, und ich bin ganz allein mit meinen Gedanken. Ich will mir ein Feuer machen. Ich sammle Treibholz, rindenlose, angeschwemmte Stecken, und schichte sie zu einem kleinen Stoß. Ein kleines Feuer wird mir guttun und mich beschwichtigen. Und ich brauche nicht mehr allein zu sein in all der echolosen, abgewandten Welt ringsum. Es ist nur ein kleines Feuer, das ich mit verdorrtem Gras entfacht habe. Ich lausche auf die kleinen spröden Töne des brennenden Holzes und schaue den gelben und violetten Flammen zu, wie sie von den Ästen springen und irre durcheinander züngeln. Manchmal sinken sie zusammen, und auf einmal werden sie wieder geweckt und zucken und tanzen, daß mein Schatten auf der Zeltwand ganz irre wird und ein schwärmender Zug goldener Funken in die Nacht wirbelt.

Der Mond ist heraufgekommen. Tastend schüttet er fahles Licht über das ungewisse Land und den ruhelosen Strom. Sterne stehen am Himmel wie im Nachtschwarz haftengebliebene Funken aus meinem Feuer, und die weißliche Schlange, die sich gequält von der glühenden Asche loswindet, legt sich als Milchstraße breit darüber hin.

Ich liege am kühlerwerdenden Boden und lausche in das Dunkel um mich.

Eine mystische Stimmung durchflackert mich.

Ich halte den Atem an und starre in die Nacht. Ich bin fort von Städten, Zeitungen und Radio, liege hier in die Nacht geschmiegt. Und neben mir zieht der ruhelose Strom. Ganz still wälzt er sein schwarzes Wasser durch die Nacht. Er bleibt immer derselbe und ist doch in steter Wandlung. In mir wogt es leise. Das kommt von den Regungen des Stroms, die sich mir mitgeteilt haben und nun noch in mir sind. Ja, der Strom ist in mir. – Und das hier ist die Erde. Ich rieche ihren Duft. Ich strecke meine Finger tastend über das einfältige Gras. Ein kleiner Stein fügt sich in meine Hand. Den Stein hat die Donau gebracht. Vielleicht aus dem Schwarzwald. Vielleicht war er früher ein großer, gewichtiger Kerl. Nun hat er sich abgenutzt. Da liegt er nun und ist müde und ruht sich aus. Wenn der Strom hochsteigt, reist er weiter. Ja, das hat alles seinen Sinn.–

Die Tage sind so hart und klar, aber in den Nächten wacht manchmal ein scheues Erkennen auf. Vielleicht ist das auch alles töricht, daß ich hier sitze, ins Dunkel starre und nicht weiß, was mir zu meinem Besten dient. Aber ich bin eben noch kein gesetzter Mann.

Am nächsten Morgen werde ich von einem starken und bedrohlichen Schnaufen wach. Mit noch halb verquollenen Augen sehe ich, daß das Zelttuch an zwei Stellen eingedrückt wird.

Erschreckt rapple ich mich in meinem Schlafsack hoch und schlage die Eingangsklappen zurück. Mein Zelt steht mitten in einer Kuhherde! Langsam drehen die schwerfälligen Tiere ihre schöngehörnten Köpfe und richten ihre dunklen, feuchten Augen auf mich. Anscheinend können sie mein Vorhandensein nicht begreifen.

Eine große Herde zieht an mir vorüber, träge und gemächlich mit schwankenden Eutern. Jetzt werden hinter mir auch Menschenstimmen laut, ich sehe drei Hirten, die von meiner Anwesenheit noch stärker beeindruckt zu sein scheinen als die Kühe. Sie sind vom Dorf Dunapentele, das weiter landeinwärts liegt.

Ich spreche kaum fünf Worte Ungarisch, kann

daher nur meine liebenswürdigste Miene aufsetzen und ein paar freundschaftliche Gesten machen, um ihre Bedenken zu zerstreuen. Es sind junge Kerle, die einfaches weißes Leinenzeug mit breiten ledernen Hüftgürteln tragen und barfuß laufen. Einer hat ein lustiges, ganz kleines Buster-Keaton-Hütchen auf dem Kopf, und ein anderer, dessen Blick immer an der Erde haftet, trägt einen kleinen Sack, in dem wahrscheinlich der Mundvorrat für alle drei steckt. Nun schauen sie neugierig und verwundert den Vorbereitungen für mein Frühstück zu, stoßen sich manchmal heimlich in die Seiten und haben wahrscheinlich ihren mühsam unterdrückten Spaß daran, daß ein so großer Kerl immer noch nicht Ungarisch kann.

Einer von ihnen hat eine hölzerne Flöte, in die ein Ornament aus goldenen Drähten eingelegt ist, im Gürtel stecken. Nachdem ich einige Male auf die Flöte und auf seinen Mund gedeutet habe, spielt er ein dudelndes Liedchen, das ein wenig fremd klingt, denn die Flöte hat nur sechs Töne. Ich schenke ihnen einen bunt beklebten, leeren Marmeladeneimer, über den sie sich sichtbar freuen. Dann packe ich meine Sachen ein und bringe mein Boot zu Wasser.

Doch ich steige noch nicht ein. Ich suhle mich

eine Weile im Sand und mache ein großes Gepantsche im seichten Wasser, an dem auch die Hirten ihren Spaß haben.

Nun stoße ich das Boot in den Strom hinaus und schwimme ihm nach. Die Hirten rufen vom Ufer und gestikulieren mit allen Zeichen ratloser Unschlüssigkeit in der Luft herum.

Offenbar glauben sie, daß mir mein Boot ausgerissen ist und daß mein wildes Gepantsche und Gebrülle ein Unglück bedeutet.

Doch als ich ihnen zuwinke und »He« und »Hallo« und »Ist das ein Gaudi!« schreie und das Heck meines Bootes erwische, scheinen sie zu merken, daß ich mich nicht in unmittelbarer Gefahr des Lebens befinde, und stehen auf einmal ganz steif wie Pagoden am Ufer. Dann winkt endlich der eine mit dem Buster-Keaton-Hütchen.

Eine gute halbe Stunde schwimme ich hinter dem Boot her. Manchmal fasse ich das Heck und mache, nur mit den Beinen schlagend, ein mächtiges Gesprudel wie ein kleiner Raddampfer. Dann wieder stoße ich es vor mir her oder überhole es mit weitausholenden Schwimmstößen und lasse es langsam auf mich zutreiben. Seltsam sieht so ein Boot aus, wenn man die Augen kaum über dem Wasser hat. Wie ein Ozeanriese auf Dock, der von einem tiefliegenden Blickpunkt aus photographiert wurde.

Diese neue Fortbewegung macht mir allerhand Spaß, und ich komme mir vor wie der Kapitän eines Laeiszschen Seglers, der mitten auf dem Ozean bei Flaute einmal vom Schiff wegrudert, um es endlich einmal auf hoher See zu sehen.

Nun kommt mir ein Schleppdampfer entgegen. Da er sehr dicht an mein Ufer heranfährt und ich nicht mehr aufs andere wechseln kann, treibe ich das Boot sehr schnell an Land und halte es fest, damit es die Wellen nicht umwerfen können.

Nun steige ich ein.

Oben auf der Uferkante werden manchmal ein paar armselige Hütten mit kreideweißen Wänden und tief herabgezogenen stumpfgrauen Schildflächen sichtbar.

Die größeren Siedlungen scheinen weiter landeinwärts zu liegen. Ich kann sie vom Boot aus nicht sehen. Hin und wieder schicken sie aber einen sandigen, von Wagenspuren zerfurchten Weg an den Strom herunter.

Der Strom zerteilt sich wieder in viele Arme. Auf dem linken Ufer erstrecken sich dichte Auwälder. Der Auengürtel soll hier zwanzig bis fünfundzwanzig Kilometer breit sein.

Wo der versumpfte Boden fester ist, wächst Sanddorn hinter hohem Röhricht und Weidengebüsch. Hier und da werden auch ein paar Grauerlen oder Schwarzpappeln sichtbar, und manch-

mal ragt breit und groß hinter dem Ufergebüsch
eine Stieleiche oder eine von Waldrebe überwu-
cherte Esche empor.

Es hat lange nicht geregnet, und grau wie Tier-
rücken tauchen »padkas«, Sandbänke, aus dem
müden Wasser, zwischen denen die künstliche
Fahrrinne hin und her pendelt.

Mit der Fahrrinne wechseln die großen weißen Kilometertafeln, die Marksteine meines Weges, von einem Ufer an das andere.

Wenn ich eine hinter mir gelassen habe, schaue ich gespannt nach der nächsten aus und versuche näherkommend angestrengt, ihre schwarze Zahl zu erkennen, obwohl ich nur einen Kilometer von der eben passierten Tafel abzuziehen brauchte.

Aber um der stetig neuen kleinen Spannung willen übertölpele ich mich selbst und verhindere so, daß die Gedanken immer um ein und dasselbe kreisen: ein vollkommenes Zitat, einen Liedanfang oder eine halb durchgeführte Überlegung.

Es stinkt nach Sumpf.–

Weil ich nun einmal Chinin mithabe, schlucke ich ein paar Pillen. Das verleiht mir ohne Zweifel einen expeditionsmäßigen Einschlag, und ich fühle mich verpflichtet, noch ein schönes Stück durchzuhalten, weil man ja von Expeditionen schließlich mehr Draufgängertum und Zähigkeit erwartet als von einem faltbootfahrenden Desperado.

Um die Gedanken vor der Auflösung in ein hitzedösiges Nirwana zu bewahren, gebe ich ihnen hin und wieder ein Thema, wie man etwa ein paar verhungerten Raubtieren einen Fleischbrocken vorwirft.

Jetzt nehme ich zum Beispiel meine finanziellen Verhältnisse vor. »Zwei Pengö haste noch, mein Lieber, sieh dich vor!« sage ich altväterlich zu mir. Dann memoriere ich weiter im Takt der Paddelschläge:

»Zwei Pengö haste noch, mein Lieber, sieh dich vor!« Nun hat mich der Stumpfsinn wieder! – »Paddel links – Paddel rechts – Zwei Pengö...«, *Delirium paddlens* könnte man das nennen.

Kilometer 1560. Dunaföldvar.

Ich lande hinter einer Brücke zwischen Fischerbooten in einer kleinen Bucht. »Dunaföldvar – bedeutender Markt mit großer Fischerei und Getreidehandel. Station der Ersten Donau-Dampfschiffahrtsgesellschaft.«

Ich muß in den Ort gehen, um Proviant zu kaufen. Mit dem leeren Wassersack in der Hand bummle ich eine breite Straße hinauf. Die Häuser zu beiden Seiten sind ebenerdig. Alles macht einen sauberen und ordentlichen Eindruck. Schilf zum Feuern und Flechten liegt hier und da in grauen Stapeln zwischen den weißgetünchten Hauswänden.

In einem kleinen Alle-Artikel-Laden versuche ich mich mit meinen paar ungarischen Brocken mühsam verständlich zu machen.

Der zwergenhafte, verhutzelte Kaufmann hört sich das eine Weile an, dann sagt er lächelnd mit listig zusammengekniffenen Augen:

»Sie können auch ruhig deutsch sprechen. – Ich glaube, wir sind Landsleute!«

Ich bin verwirrt und sehr beschämt, denn ich fühle mich ertappt bei der deutschen Schwäche, im Ausland allzugroßen Anpassungswillen zu zeigen und sich eifrig um die Sprache des fremden Landes zu bemühen.

Während der Kaufmann wieselhaft und eilfertig für mich Zucker, Reis und Mehl abwiegt, frage ich ihn, ob hier noch mehr Deutsche wohnen.

»Und ob!« gibt er mir zur Antwort. »Überall an der Donau können Sie auf deutsche Orte treffen. Seit Maria Theresia sitzen wir hier. – Und wir sind gute Deutsche!« fügt er stolz hinzu.

Ich kaufe auch noch Tomaten, Melonen, Zwiebeln und Paprika. Jetzt habe ich nur noch ein paar Heller. Diese Vorräte müssen also bis nach Jugoslawien reichen.

Ich hatte heute wieder ein klein wenig Wind im Rücken. Nun schneide ich mir aus den Uferweiden zwei Stöcke für einen kleinen Mast und eine Gaffel, an die ich mit Schnüren und Riemen

meine Zeltbahn knüpfe und dann im Boot fest-
mache.

Jetzt bin ich besegelt! Wie eine schiffbrüchige
Fregatte plünne ich den Strom hinab, mit einem
Paddelblatt steuernd und mit der anderen Hand
den Zeltbahnzipfel haltend.

Nun bilde ich mir ein, daß der Wind auch ein wenig stärker wird.

O Rasmus, steh mir bei! Und ich singe:

>>Blow, winds, blow – to Istanbul . . .
there is plenty of gold – as I was told . . .<<

Der Himmel ist weit und blau – eine riesengroße,
vor Bläue tönende Glocke, in die die Sonne ein
Loch gesengt hat, durch das die weißen Wolkentiere hinauswollen.

Ich tauche meine Hand über die Bordwand in den
Strom, und der Wind, der mein Boot treibt, macht
es, daß mir das Wasser mit leisem Druck zwischen den Fingern hindurchrinnt.

Müde und langsam drehen ein paar Schiffsmüh-
len am Ufer ihre Räder.

Sie mahlen die Zeit.

Nach einer langen, langen Weile quert vor mir
eine Motorfähre den Strom und bringt ein wenig
Erregung über das sonnenmüde Wasser.

Paks taucht auf. Von den 13 000 Einwohnern sind

1100 Deutsche. In der Umgebung soll es mehrere deutsche Dörfer geben.

Ich gehe nur an Land, um mir die Beine ein wenig zu vertreten. Dann geht es wieder weiter. Links – rechts, links – rechts.

Ich fahre über einen Ölfleck, der bunt und ebenso durcheinandergelaufen aussieht wie das Vorsatzpapier eines alten Kontobuches. Der Ölfleck bildet von jetzt ab den Untergrund für alle meine halben, verschwommenen Gedanken. Wenn ich die Augen zumache, sehe ich auf den geschlossenen Lidern den Ölfleck. Wenn ich eine Weile in den Himmel starre, treibt sich der Ölfleck dort herum. Auf den Maisfeldern breitet er sich aus, und auf dem Wasser schwimmt er vor mir her. Ich glaube, ich werde von diesem hundsföttischen Ölfleck auch noch träumen.

Kilometer 1516.
Landeinwärts liegt Kaloscha, Sitz eines Erzbistums. Die Stadt wird schon in den ersten Jahrhunderten der ungarischen Geschichte erwähnt. Im Jahre 1000 erhob König Stephan Astrik zum Bischof von Kaloscha. Noch zur Türkenzeit konnte Kaloscha mit dem Schiff erreicht werden. Jetzt liegt es acht Kilometer vom Ufer entfernt. Eine Eisenbahnbrücke spannt sich über den Strom. Die geschwärzte, vergitterte Konstruktion hat sich der Landschaft auf eine gewalttätige Weise aufgezwungen. Mir ist der Gedanke so fremd, daß dort oben jagende Lokomotiven mit ratternden Zügen über den Strom fahren können. Ich gehöre dem Wasser an, das mich mit sich nimmt, und nachts der Erde, auf der ich mich ausstrecke.
Der Himmel ist eine diesig-graue Laibung. Er sieht aus wie beschlagenes Glas. Ich kann mir nicht vorstellen, wie spät es ist. Der Wind hat sich über Nacht gedreht und weht nun mit verbissener Beharrlichkeit stromauf. Das Wasser ist aufgekämmt wie gerauhte Wolle. In der Mitte des

Stromes haben die Wellen geifernde Schaumköpfe. Nun fängt es auch noch an zu regnen. Es ist ein dünner, mürrischer Strichregen, der sicher lange anhalten wird.

Der Tag ist von vager Melancholie erfüllt. Es ist gar nicht zu sagen, auf wie viele traurige Gedanken man kommt, wenn man an einem Regenmorgen vor dem Zelt sitzt und die Welt ringsum in einem schlierenden Dunst versinkt.

Ich rolle das nasse Zelt zusammen und packe es ins Boot. Jawohl, ich setze das Boot aufs Wasser. Es reibt sich an den kurzen Uferwellen und beginnt bald auf und ab zu tanzen. Der Regen rinnt mir zum Hals herunter. Es ist ein böswilliger und leisetreterischer Regen. Doch den Schweinen am Ufer macht er gar nichts aus. Sie wühlen sich nur tiefer in den schwarzen Brei.

Nach einer Stunde schwillt der Wind plötzlich an und treibt große Wellen aus dem Wasser. Ich muß in der Mitte des Stromes bleiben, wo die Wellen am höchsten gehen, denn am Ufer ist die Strömung zu schwach, und ich komme nicht gegen den Wind an.

Mein Boot wird wie toll auf und ab getragen. Mit aller Kraft muß ich paddeln, darf keine Minute ausruhen, damit das Boot nicht aus dem Kurs kommt und breitseitig von den Wellen gefaßt wird. Mit eingezogenem Kopf und krummem

Buckel stemme ich das Boot gegen den Wind. Es ist ein wilder Ritt.

Wenn der Bug einen Wellenberg anschneidet, reißt der scharfe Wind die Bugwelle weg und klatscht mir das Wasser gegen die Brust.

»Verflucht nochmal, das ist doch endlich was!« Ich komme kaum vorwärts. Jetzt zeigt mir die Natur ihre Gewalt. Der Strom und der Sturm – beide sind sie gegen mich!

So komme ich doch endlich nach Baja. Von hier sind es noch 31 km bis Mohács. Ich bin todmüde. Aber ich muß noch nach Mohács kommen.

Manchmal bin ich nahe daran, die mühselige Schinderei aufzugeben. Aber ich kann mich hier jetzt nicht in den Regen hocken und warten, bis der Wind aufhört. Vielleicht weht er jetzt eine Woche oder zwei. Außerdem sind meine Vorräte peinlich genau eingeteilt.

Ich muß nach Mohács.

Weit vornübergebeugt, ziehe ich das Paddel durch das Wasser. Manchmal denke ich, der Schaft müsse springen. Der Wind schlägt mir immer die Hutkrempe ins Gesicht, und das Spritzwasser läuft mit Schweiß vermischt über den Körper.

Nun kann ich nicht mehr. Ich paddle bis zum Ufer und mache mich eine Weile lang im Boot. Ich komme mir entsetzlich aufgebahrt vor.

»So, junger Mann, nun wieder rein in die Besoffenheit!«

Das Boot torkelt auf den Wellen herum wie ein Flaschenkork. Es dauert eine qualvolle Ewigkeit, bis das nächste Kilometerschild auftaucht. Die Zeiger der Uhr scheinen rückwärts zu gehen.

Am Abend erreiche ich Mohács, einen Ort keltischer Gründung mit 17000 Einwohnern und einer großen geschichtlichen Vergangenheit, die mir im Augenblick höchst gleichgültig ist.

Auch der nächste Tag ist widerborstig. Das Wetter hat sich nicht geändert.

Eine wichtige kleine Nadel, mit der ich die Düse meines Benzinkochers reinigen müßte, habe ich im Gras verloren und nicht wiedergefunden. Das war schon ein böses Omen. Dann habe ich mit den rußigen Töpfen mein letztes weißes Hemd schmutzig gemacht. Der Schlafsack ist naß geworden, und als ich ins Boot stieg, war ich so ungeschickt, daß ich beinahe die Spritzdecke zerrissen hätte.

Und jetzt ist Wasser im Boot! Weiß der Teufel, wie das hineingekommen ist! Das ganze Boot voll Wasser! Meine Trainingshose schlappt wie ein triefender Scheuerlappen. Das ist kein schönes Gefühl!

Ich drehe das Boot um und untersuche die Bootshaut. Ja, da hat sich doch wahrhaftig eine Messingschraube vom Geripppe schön sachte und allmählich durch die Gummihaut gebohrt! Weiß der Kuckuck, wie das möglich war!

Ich habe jetzt also das Vergnügen, das ganze Boot auszupacken, abzuschlagen und dann wieder einzuräumen. Und das alles, wie gesagt, im Regen! Das ist ja – Ruchlosigkeit zu Pferde! Hunger habe ich auch. Einen ganz bannigen Hunger sogar.

Auf den Feldern wächst nur Kukuruz.

»Kukuruz knaupeln! Gestern – vorgestern – vorvorgestern! Vielleicht denkst du sogar, Kukuruz wäre etwas sehr Gutes, weil man ihn zu Hause in den Delikatessengeschäften verkauft. Aber ich habe ihn eben über. Einfach über!«

Da sitze ich nun neben meiner leckgefahrenen Jolle und habe allerlei Visionen von Rumpsteaks, von Kalbshaxen mit Klößen und Eisbein mit Sauerkraut. Oh, meine Phantasie arbeitet vortrefflich. Ich kann mir das alles ganz plastisch vorstellen! Nur daß ich es in den Bauch kriege, so weit reicht meine Vorstellungsgabe eben nicht.

»Dafür kann ich aber ausfressen, was diese blöde kleine Schraube mir eingebrockt hat.«

»Guten Appetit!«

Tag für Tag begrenzen mir die beiden Uferstreifen den Blick. Der linke ist niedrig und der rechte
hoch. Dahinter erstreckt sich unsichtbar das
weite, flache Land.

Es gibt keine Bewegtheit der Linien. Auf weite
Strecken nicht das geringste Auf und Ab.

Mit der Kamera ließe sich von dieser unendlichen Stromlandschaft nur wenig festhalten. Fast
nichts.

Und doch ist diese flache Unendlichkeit nicht
leer und ohne Spannung.

Wohl zeichnen sich nur wenig Eindrücke auf der
Netzhaut ab. Doch ich erlebe diese gleichförmige
Weite nicht nur mit dem Auge. Ich spüre den ungeheuren Raum, seine Bedrückungen und Erlösungen mit dem ganzen Körper. Ich fühle all die
Flachheit, diese große Ebene. Ich fühle auch die
Wölbung des Himmels über mir.

Ich bin klein, und ich bin groß. Es ist nichts um
mich, und ich weiß nicht recht, was mich so sehr
bewegt.

Es ist so schwer nennbar.

Mystik des Raumes vielleicht. –

Groß und selbstsicher fließt der Strom durch die

hellhörige Wcite. Alles andere ist daneben ein wenig verlegen: die Hütten dann und wann, ein paar Zirbelwölkchen am Himmel, eine kleine Erhebung auf dem Ufer, Inseln und Sandbänke.

Und der Mensch, der am Strom steht, ist nichts – erdrückt, ausgelöscht von der großen Weite.

Es ist sehr spät. Es weht kein Wind mehr. Der Strom ist ganz ruhig und lauscht auf seine eigenen kleinen spröden Töne.

Am westlichen Himmel verfluten große Wolkenmassen, deren Grau nach unten gelaufen ist und nun schwer an den Rändern hängt.

Ich habe keinen Begriff mehr von der Zeit.

Die Ruhe des Stromes kommt in mich.

Ich bin ganz allein mit meiner Nußschale auf dem breiten Strom. Die Arme sind müde, und ich lasse mich eine Weile treiben und habe dabei allerlei Gedanken über den grenzenlosen Raum um mich und den ruhelosen Strom.

Und dann nicke ich ein wenig ein, und die Waller drehen mein Boot und lassen es wieder aus ihrer Kraft, wie es ihnen gerade gefällt.

Ein dumpfes Tuten schreckt mich auf.

Bedrohlich nahe stampft und dröhnt der Dampfer hinter mir. Nun kommt wieder Unruhe über den Strom.

Ich paddle mit ein paar hastigen Schlägen nur wenige Meter aus der Fahrrinne heraus.

Jetzt bin ich auf gleicher Höhe mit den wühlenden Schaufelrädern, und nun lasse ich mich treiben und warte, bis mich die Wellen erreichen.

Mein Heck wird hochgetragen, und die Wellen laufen von hinten unter meinem Boot durch. Das ist ein ganz seltsames Gefühl.

Jetzt kommen die schwarzen, leeren Schleppkähne hochbordig dicht neben mir vorüber. Ich muß aufpassen, daß mich die Wellen nicht gegen die Bordwände schlagen.

Ich dränge mein Boot ganz dicht hinter das Heck des hoch aus dem Wasser ragenden Kahnes. Die aufbrodelnden Heckwellen versuchen, mich mit aller Kraft aus dem Kurs zu werfen. Doch ich tue schnell ein paar Steuerschläge und erwische das Beiboot, das an einem Tau hinter dem Kahn hergezogen wird, und mache fest.

Nun verschnaufe ich eine Weile und steige dann in das hölzerne Beiboot über, das eine mächtige, weißgischtende Bugwelle vor sich her schiebt. Über den massigen Anker klettere ich auf das Schiff hinauf.

Es ist ein Deutscher der DDSG.

Der Steuermann ist zuerst gar nicht sehr erfreut über den Neptunsbesuch und läßt sich bärbeißig und mürrisch an, ohne den Blick vom Strom zu wenden. Er hockt im Steuerhäuschen, das wie eine kleine Gartenlaube auf vier storchenbeinigen Ständern steht, und bedient das Ruder.

Er hat mit sich selbst gesprochen, als ich heraufkam. Nun ist er ärgerlich, weil er sich dabei ertappt fühlt.

Dann läßt er sich nach einer Weile ganz unvermittelt herbei, mich nach woher und wohin zu fragen und sagt mir auf meine Frage auch, daß die großen Zahlen an der Heckseite des Steuerhäuschens Auskunft über die Tonnage des Kahnes geben.

Aber er bleibt kurz und bestimmt. Kein Lächeln, kein Scherz.

Auf eigene Faust schaue ich mich auf dem Kahn um.

Schwer dröhnen meine Schritte im leeren Schiffsraum nach. Ein Matrose, der gerade die Lage der Ankerwinsch mit gelbem Fett schmiert, zeigt mir die Treppe zu den Kajüten.

Über der Tür zur Steuermannskajüte ist in bunten Farben ein Spruch an die Holzwand gemalt:

> Ein Schifflein ist des Menschen Herz,
> treibt ohne Rast und Ruh
> mit seiner Lust und seinem Schmerz
> dem Land der Hoffnung zu.

Drinnen blitzt und glänzt alles vor lauter weißlackierter Sauberkeit.

Die behäbig breite Schifferfrau, die gerade am kleinen Herd hantiert, mustert mich nach dem ersten Erstaunen bedeutend zutunlicher als ihr Mann und nötigt mich mit beinah resoluter Freundlichkeit in die Ecke des Sofas, das eine Wand des kleinen Kajütenraumes ausfüllt.
Auch hier hängt ein Spruch:

> Weizen, Wein sei dir und Frieden
> und ein schönes Weib beschieden!

»So so, da fahren Sie also mit so einem kleinen Boot!« sagt die Frau und rührt dabei mit einem großen Quirl in einem blauen Topf einen gelben Brei.
»Und da kochens auch wohl selber?«
»Ja freilich!«
Willkommenes Stichwort, denke ich, und frage sie, ob ich meinen Topf holen und mit auf ihren Herd stellen dürfte.
Aus meinen Beuteln schütte ich die letzten Reste in den Topf: ein wenig Reis und ein paar Bohnen, zwischen denen sich noch eine Paprikaschote und eine Zwiebel herumtreiben.
Das ist aber auch schon alles.
Nicht mal ein bißchen Speck. Keine Spur von Fleisch.
Man trägt so sein Kreuz!
Nun hocke ich wieder auf Deck und habe das

schöne Gefühl, meine 18 km in der Stunde vorwärts zu kommen, während unterdes mein kläglicher Pamps auf dem Herd der Schifferfrau
kocht.

Vom Deck des hochbordig auf dem Strom liegenden Schiffes kann ich auch viel weiter über das
Land sehen als vom Boot aus.

Viehherden weiden hier und da. Weißgelb ge-
scheckte Kühe und schwarze Wasserbüffel.
Manchmal stehen sie bis zu den Köpfen im
Flachwasser. Wie dünne schwarze Striche über-
kreuzen die Galgen der Ziehbrunnen in der Ferne den Horizont, das einzige Aufragende in der
flachen Grenzenlosigkeit.

Zwischen abgeernteten Feldern, auf denen das
Weizenstroh in großen Feimen liegt, erstrecken
sich hin und wieder weite Flächen Brachland, auf
dem Schafe weiden.

Ein paar Hütten drehen langsam ihre Profile. –
Es ist wieder ein guter Tag, und alles ist wie in
Arpad –, nur – von Brot und Speck ist keine Spur!
Und nun muß auch mein Pamps fertig sein. Ich
stolpere über die steile Stiege und stürze zur Kajütentür hinein, daß die im Küchendampf halb
unsichtbare Steuermannsfrau vor Schrecken beinahe meinen Topf fallen läßt, den sie eben vom
Feuer gezogen hat.

Mit meinem Taschentuch als Topflappen trage

ich meinen Brei an Deck und mache mich mit trübseliger Miene daran, mir dieses erbärmliche Gemisch einzuverleiben.

Aber das riecht ja gar nicht schlecht! Ganz im Gegenteil! Ob das hierzulande am Wasser liegt? Und da tauchen ja wahrhaftig beim Herumrühren Fleischbrocken auf!

So was nennt man Schicksalsfügung! Das wird meinen ausgehungerten Kaldaunen guttun!

Die Steuermannsfrau wallt jetzt wie von ungefähr vorbei und kann es sich nicht verkneifen, mir guten Appetit zu wünschen.

»Ja ja! Und schönen Dank auch!«

»Wir kommen bald nach Bezdan!« ruft sie mir noch zu.

»Ach, du meine Güte, das ist ja schon die jugoslawische Grenzstation. Das ist aber jammerschade! Da muß ich ja vom Schiff herunter, um mich der Zollkontrolle zu unterziehen!«

Aber mein Bedauern wird wieder aufgehoben von der Gewißheit, daß nun die »Rationierung der Lebensmittel« zu Ende ist.

Gleich nach der Mündung des König-Peter-Ka-
nals lande ich in einer kleinen Bucht. An der
Dampferlände ist der Ortsname mit kyrillischen
Buchstaben angeschrieben. Von Bezdan selbst ist
nichts zu sehen. Die Stadt liegt fünf Kilometer
landeinwärts. An der Zollstelle weht die blau-
weiß-rote Flagge.

Die Zollbeamten sind freundlich und sprechen
gut deutsch. Es geht alles sehr schnell. Ob ich
ausländische Währung mit mir führe, fragt der
eine.

»Ja, zwei ungarische Heller!«
Heute fahre ich nicht weiter. Ich bringe mein
Boot ans Ufer und gehe nach Bezdan.

Der Morgen ist grau und undurchsichtig. Die
Dünste sind in der Nacht zusammengekrochen
und liegen als unordentliche Wülste über dem
Wasser.

Die Sonne ist noch matt. Fadenscheiniges Ge-
wölk hängt schief davor.

Ich tue starke, weit ausholende Paddelschläge,
die mich gut voranbringen. Nun öffnet sich auch
die Wolkenblende, und die Sonnenstrahlen

schießen in dichten Bündeln hervor und blitzen über das Wasser hin.

Oh, es war so schön im Dorf. Die Mädchen trugen buntbestickte Blusen und staunten mich an. – Und nun muß ich weiter. Vor mir im Boot liegt das Kartenblatt: weite grüngemalte Tieflandsflächen mit einem blauen Fleck darin, zu dem die Donauader führt: das Schwarze Meer!

Ich tue einen Paddelzug nach dem andern, und das Gras, auf dem mein Zelt stand, richtet sich nun schon wieder auf.

Wenn du übermorgen hinkommst, siehst du gar nicht mehr, daß ich dort geschlafen habe, daß ich an der Erde gelegen und an ein Mädchen mit roten Pfirsichwangen und ganz dunklen Augen gedacht habe. An ein Mädchen aus Bezdan.

Nur eine brandige Stelle ist dort dicht am Ufer, da habe ich Paprikasch gekocht.

Auch diesen schwarzen Fleck nimmt die Donau weg, wenn das Wasser nur ein Stück höher steigt.

Auf dem Strom ist auch nichts beharrlich als die Wasserspiegel, die darauf herumliegen, und die Schwemmer, die die Fahrtrinne anzeigen.

Ich bin jetzt in der Batschka, der einstigen Kornkammer Ungarns. Früher war hier alles Sumpf. Doch die Deutschen, die unter Theresia und Kaiser Joseph angesiedelt wurden, verwandelten den Morast in fruchtbares Ackerland.

Ein Bauer, der sich mit dem Regenschirm
vor der Sonne schützt,
Rohrfederzeichnung

In Apatin sind 96 Prozent der Bevölkerung deutschstämmig, Schwaben aus dem Schwarzwald, die im 18. Jahrhundert hierherkamen.

Die breiten, ungepflasterten Straßen werden von hübschen Häusern flankiert, die manchmal rebenbewachsene Säulenhallen zeigen.

Haupterwerbszweige der Bewohner Apatins sind der Welsfang, die Seidenraupenzucht und der Hanfbau.

Bei Kilometer 1384 mündet die Drau, die früher die Grenze zwischen Jugoslawien und Ungarn bildete, und drängt die Donau ostwärts.

Mückensäulen stehen am Abend über dem Wasser. Kuhherden trotten zum Strom, und ein Wagen kommt einen Hohlweg heruntergerasselt.

Der Dampfer »Saturnus« der DDSG fährt von Giurgiu heraufkommend an mir vorüber.

Heute ist das Land im Abend lila. Ein seltsames, verwaschenes Lila wie auf alten Gobelins.

Drüben am Ufer richten sich ein paar Hirtenbuben zwischen ihren weidenden Schafen aus der Hocke auf und winken herüber.

Borowo muß in der Nähe sein. Mein Wassersack ist leer, und außerdem brauche ich Proviant. Ich fahre hinüber, treibe dann noch eine Weile am Ufer entlang, nach einem günstigen Zeltplatz suchend, und dann lege ich an.

Mir ist wieder, als fühlte ich zum erstenmal in

meinem Leben Boden unter den Füßen. Ich bin ganz kindhaft, eine ausgewischte Tafel, auf der sich das Neue einritzen kann.

Ich schaue mir die braunen Bärte aus Gräsern und Schlamm an, die das letzte Hochwasser in die Büsche am Ufer gehängt hat, und betrachte mir das Treibholz. Eine Muschel im Sand, eine Flokke Schaum, die da gelandet ist und nicht weiterwill. Eine Spinne im Gras, die durch die Luft geht auf unsichtbarem Weg.

Ja, das sind so meine Abenteuer!

Die Bergkette der Fruska-Gora wird am nächsten Morgen sichtbar.

Die Sonne wendet sich nach Osten.

Heute muß ich halbnackt fahren. Es ist wieder regnerisch, meine Haut hält dicht, und wenn es aufhört, habe ich ein trockenes Hemd. Der Wind weht wieder stromauf, und ich komme nicht recht vorwärts.

»Hoho, ich fahre ins Schwarze Meer! Hoho, hoho, ins Schwarze Meer fahre ich! Jawohl, zu Suleika nach Istanbul! Hoho –«, orgele ich in den Regen hinein.

Der Wind macht mir heute nichts aus. Es gibt Tage, an denen ich taub bin gegen die Launen des Himmels.

Neusatz taucht auf. Eine große Stadt mit 65000

Einwohnern. Davon sind 12000 Deutsche. Neusatz ist der Mittelpunkt des Deutschtums und das kulturelle, politische und wirtschaftliche Zentrum der Vojvodina. Gegenüber liegt die düstere Festung Peterwardein, das »Ungarische Gibraltar«. In den Türkenkriegen wurde sie blutig umstritten.

Bei Kilometer 1216 bringt die Theiß der Donau ihr lehmfarbiges Wasser. Am rechten Ufer steigen wieder hohe Lößwände aus dem Strom.

Das Gerippe eines gestrandeten Schleppers ragt aus dem Strom. Der Himmel ist grau. Aber das ist kein so ödes Grau wie auf unseren Konfektionsanzügen. Nein, es enthält ein wenig Rot, Grün und Gelb. Der Vogel, der über den Abendhimmel fliegt, gleitet vom Rotgrau ins Grüngrau und dann ins Gelbgrau.

Bei Kilometer 1202 baue ich mein Zelt.

Heute brauche ich kein stimulantes Mittel mehr, um der Gefahr des Treibenlassens zu entgehen. Belgrad ist nicht mehr fern.

Belgrad – das ist Zivilisation!

Belgrad – das ist die verheißende Summierung vieler Anwendungsmöglichkeiten meiner Dinare.

Fast zwei Kilometer breit mündet die Save in die Donau ein. Belgrad, das schon als »Singiduum«

und als »Alba Graeca« eine der stärksten Donau-
befestigungen war, ist auf einem runden Kalk-
felsrücken zwischen Save und Donau gebaut und
beherrscht beide Ströme. Um zum Belgrader Hafen zu kommen, muß ich die Save ein Stück hinauf paddeln. Hier meldet sich die Zivilisation in
Gestalt von Badewannen an, die in langen Reihen
am Ufer aufgestapelt sind. Bei diesem Anblick
wird mir ganz wehmütig zumute, und ich nehme mir in einer plötzlichen Aufwallung von groß-
spuriger Luxus-Reise-Laune vor, in ein First-
Class-Hotel zu gehen.

Da steht der junge Mann nun mit einer Menge
klimpernder Dinare und beiden Händen in den
Hosentaschen im Königreich Jugoslawien.

Was meinen Schnauzbart anbelangt, – he he – gut
gehts! Er hat einen saloppen Schwung und ist
sogar schon zu einem Original-Balkan-Emblem
ausgewachsen, das mir Ansehen und Würde verleiht.

Zur Feier des Tages habe ich sogar einen zerknit-
terten Schlips um den Hals gebunden. Wenn ich
so an mir herunterschaue, muß ich selber zuge-
ben, daß ich wie ein ganz seltener Singvogel aus-
sehe. Mit der Zunft der Haarschneider habe ich
seit langem nichts mehr zu tun gehabt, und zu
einem Waschfest bin ich auch nicht mehr gekommen. Aber die Contax, die mir vom Hals

baumelt, und meine respektable Kartentasche retten manches. Sie geben mir sogar einen kleinen Zug ins Globetrotterische. Nur eine blaue Sonnenbrille und einen verwegenen Sherlock-Holmes-Ulster müßte ich mir noch kaufen.

Aber fürs erste muß mein Bauch geatzt werden. Und hinterher einen türkischen Kaffee oder zwei, ein Sliwowitz und irgend etwas Süßes.

Es ist sehr heiß. Die breiige, wabernde Hitze liegt wie zäher Glasfluß in den Straßen. Ich drücke mich von einer Schatteninsel in die andere und finde schließlich ein Schaufenster, hinter dem allerlei verstaubte Speisen und große, flache Zinnbecken mit Yoghurt ausgestellt sind. Ich esse »Laduo-Petchenje«, kalten Braten. Dazu gibt es einen fettriefenden Kuchen mit irgend etwas Fleischernem darin. Den Teig walkt im Hintergrund der Schattenhöhle ein fetter Kerl. Der Schweiß tropft ihm unablässig von der Stirn in die Teigmulde hinein. Von Zeit zu Zeit wischt er mit klebrigen Fingern über sein Gesicht oder fährt sich mit dem Handrücken unter der Nase hin. Dann walkt er unbeirrt weiter.

Na, ja – ich bin jetzt wirklich auf dem Balkan!

Es gibt viele holperige, enge Gassen mit dicht gedrängten kleinen Handwerkerläden in elenden, verfallenen Häuschen, die schon längst zusammengebrochen wären, wenn sie sich nicht gegenseitig stützen könnten. An langen Stangen hängen flatternde Hosenbeine, Fellwesten, Tuchjakken und Mützen. Schuhe und Opanken baumeln über den Türen, oder was es sonst noch in den Läden zu kaufen gibt. Vor einem Laden hängt eine wunderbare weiße Lammfelljacke mit bunten Stickereien und schwarzen Besätzen. Diese Jacke hat es mir angetan. Ich werde sie zwar nicht bezahlen können, aber ich möchte immerhin wissen, was sie kosten soll. Da wieselt auch schon ein Jude eilfertig aus dem Laden heraus und mauschelt so sprühend auf mich ein, daß ich mir einen Schirm wünsche. Er setzt gewissermaßen alles auf einen überrumpelnden Angriff. Die Jacke hat er von der Stange gerissen und breitet sie nun von allen Seiten unter wild galoppierendem Geschwätz vor mir aus. Als er jedoch endlich einsehen muß, daß alles, was er vorzubringen weiß, an die Wand gesprochen ist, holt er ein Stück Kreide und schreibt den Preis auf den Ladentisch. Ich bin immerhin schon etwas auf den Balkanstil eingespielt, also nehme ich die Kreide, streiche den Preis durch und schreibe die Hälfte darunter.

Der Jude macht ein Gesicht, als stünde seine Hinrichtung unmittelbar bevor. Dann streicht er meine Zahl wieder durch und schreibt das arithmetische Mittel zwischen beiden Angeboten auf den Ladentisch.

»Nix viel Deutsch!« meint er hilflos und halb erschöpft, macht aber mit vielen gutgemeinten Variationen einer nachgiebigen Miene ein günstigeres Angebot. Wir sind zwei Schauspieler, die ihre Rollen beherrschen. Die Szene endet damit, daß ich mir lächelnd an den Kopf greife und mich zum Gehen wende. Der Jude macht noch einen letzten verzagten Versuch, mich zum Kaufen zu bewegen, dann zieht er sich schimpfend in seine Höhle zurück. Aber die benachbarten Händler haben mich bereits erspäht und kommen nun, auf mich als Käufer erpicht, mit Hosen, Westen, Jacken und Opanken vor ihre Türen. Einer will mir sogar eine Kaffeemühle verkaufen, und ein anderer einen abgelegten Militärrock. Für die unmöglichsten Sachen wittern sie bei mir Bedarf. Einen neuen Schlips würde ich ja gelten lassen, aber mit einer Drahtschere weiß ich wirklich im Augenblick nichts anzufangen.

Ich lasse mich hier und da in einen Laden schleppen, spiele meine Rolle bei jedem neuen Gefeilsche, bis ich mir lächelnd an den Kopf greife und mich zum Gehen wende.

Ich glaube, ich habe die Leute furchtbar gegen mich aufgebracht.

Man scheint in Belgrad eine kindliche Freude am
Radau zu haben. Die Autos geben keine Wink-
zeichen. Man hält größere Stücke auf die akusti-
sche Reaktionsfähigkeit der Verkehrsteilneh-
mer. Einmal hupen bedeutet: geradeaus fahren,
zweimal hupen: links einbiegen, dreimal hupen:
rechts einbiegen. Das ist immerhin auch eine
Möglichkeit, und man kann mit wenigen Autos
den Eindruck eines imposanten Verkehrs erwek-
ken.

Auf dem Weg zur Oberstadt komme ich durch
einen kleinen Park. Auf allen Bänken liegen zerlumpte Kerle im Schatten und schlafen. Einer hat
seinen Kopf in den Schoß eines Mädchens gelegt,
das ihn mit Eifer laust.

Belgrad heißt »Weiße Burg«. Im 15. Jahrhundert
war die Stadt ungarische Grenzfestung. Immer
wieder wurde die Stadt Kampfziel zwischen
Halbmond und Abendland. Erst 1862 kam sie
endgültig in den Besitz der Serben, wurde Hauptstadt des Fürstentums und 1918 des Königreichs
Jugoslawien. Von Semlin aus wurde sie 1914 und
1915 durch deutsche Truppen zum letztenmal
gestürmt. Ihre Schlüsselstellung machte sie zu

Lastträger mit Kraxe,
Feder- und Pinselzeichnung

einem wichtigen Handelspunkt zwischen Süd-
und Mitteleuropa.

Hinter kleinen Schaufenstern liegt allerlei Zuk-
kerzeug, eine Art türkischer Honig und ganze
Berge kandierte Nüsse und Früchte. In jedem Laden wird der süße Genuß in anderer Form angeboten, und überall kaufe ich ein wenig. Ich lut-
sche mich förmlich den Berg hinauf.

Viele Soldaten tauchen im Straßenverkehr auf,
vorwiegend blonde, hochgewachsene Kerle mit
hellen Augen. Man sieht aber auch einen dunklen Typ mit scharfen Nasen und harten Zügen.
Man erinnert sich daran, daß Jugoslawien die
stärkste Militärmacht des Balkans ist.

Die Hauptverkehrsachse ist die Terazijastraße,
die am Königsschloß vorbeiführt.

An allen Toren sind Wachen aufgestellt, die mit
der linken Hand das Gewehr und in der rechten
ihre Säbel schultern. Hier regiert die Dynastie
der Karadjordjewitsch, die unmittelbar aus dem
serbischen Volk hervorgegangen ist und nun
über Südslawen, Serben, Kroaten und Slowenen,
Stämme mit ausgeprägter Eigenart und Vergangenheit, herrscht.

Nicht weit vom königlichen Palast hat sich die
neue Skupschtina, das Parlamentsgebäude, breit
und anspruchsvoll auf einen großen Platz hingelagert.

Ich bin mit allerlei fixen Vorstellungen nach Belgrad gekommen. Vorstellungen, die nun korrigiert werden. Man ist ästhetisch enttäuscht von der jugoslawischen Hauptstadt. Belgrad ist erst in der Entwicklung zur europäischen Großstadt begriffen. Die Durchdringung von Balkan und Zivilisation vollzieht sich grob und hastig. So ergibt sich das Bild anspruchsvoller Paläste und Boulevards neben kläglichen Hütten und von ausgespienen Melonenkernen schmierigen Gassen. Nach dem Weltkriege ist die Stadt von 80000 auf 300000 Einwohner herangewachsen. Sie hat sich also in 15 Jahren verdreifacht. Belgrad ist so schnell hochgewuchert, daß man mit den Röhrensystemen der Gasleitungen nicht nachkam. Große Teile der Stadt besitzen also kein Gas. Noch wird überall gebaut. Auch die Bewohner, ehemals serbische Hirten, Krieger und Steppenbauern, haben sich sehr schnell der Zivilisation angepaßt. Sie haben die Opanken und die prächtig bestickten Filzjacken ausgezogen und laufen nun ebenfalls in gleichförmig grauen Anzügen herum. Die äußere Ausrichtung nach dem Westen ist gelungen, innerlich aber sind sie dem Osten hörig. Sie sind Orientalen geblieben. Trotz ihres zwittrigen und unharmonischen Charakters spürt man den starken Pulsschlag, der durch das Herz des jungen Landes Jugoslawien zuckt. Die vorwärtsdrängende Kraft, die das Alte wandelt und in einem kühnen Zivilisationsfeldzug das Land mit Schulen, Straßen und Gesundheitsinstituten überzieht, hat etwas Imposantes.

Belgrad will nicht zurückbleiben, es will den Vorsprung der westeuropäischen Staaten aufholen. Das Land will nicht als ein exotisches, zurückgebliebenes, halbwildes Gebiet in den Vorstellungen anderer Völker bestehen bleiben, es will einem Volk, das mehr an das Blut als an die Tinte glaubt, in kurzer Zeit neue Lebensbedingungen geben.

Das Gesicht dieser Nation ist nicht schön. Es ist von Narben entstellt. Haß, Freiheitsdrang, Empörung und erbitterte Kämpfe haben Runen darin eingezeichnet. Ein unerbittliches, strenges Gesicht. Die Augen blicken hart in die Zukunft.

Von der Oberstadt bummle ich wieder zur Donau
hinab in die Unterstadt. Es ist Abend. Aus den
Schenken dringt Lärm. Eine Schar neugieriger
Bauern drängt sich vor einem erleuchteten
Eingang. Laute Musik in fremden Rhythmen
dringt mir entgegen. Die Bauern machen mir
Platz.

Es ist unvergleichlich. Fünf bemalte und gepu-
derte Mädchen mit angefeuchteten, auf die Stirn
geklebten schwarzen Locken sitzen auf einem
kleinen Podium und zeigen ihre Beine bis über
die Knie hinauf. Bis zum Nabel bewahren sie sta-
tische Ruhe. Mit den oberen Gliedmaßen aber
frönen sie ungebändigter Bewegung. Sie lassen
ihre Finger über Tamburine trommeln oder
schlagen sich die fellbespannten Reifen auf Knie
und Kopf. Sie klimpern auf Zupfinstrumenten,
fuchteln mit den Armen und singen mit klirrend
hellen Stimmen.

Zwischen Lastträgern mit adlerscharfen Profi-
len, Soldaten und Schiffern finde ich mich auf
einmal an einem wackligen Tisch.

Ist das eine Musik! Schmelzend und süß, wild,

wiegend und rasend. Eine schottische Hornpipe gehörte hierher oder eine kubanische Rumba. – Ja, einen Krakowiak möchte ich hinpfeffern, daß der Staub aus den Dielenbrettern pulvert!

Ich bin mitten auf einem Taifunrad. Es wirbelt alles um mich herum; die Kerle mit den schwarzen Schnauzbärten, der lupuszerfressene Alte an meinem Tisch, die Mädchen, die Girlanden, der junge König an der Wand.

Ein Glas zerspringt klirrend am Boden. Die Kerle stampfen im Takt der Musik und gröhlen leise die Melodie mit. »Guten Morgen, Schnaps, ade Verstand!«

Nun flattert ein Mädchen vom Podium herunter, ein kleines schmalhüftiges Ding mit schwarzen Wuschelhaaren und breitgemaltem, karminrotem Mund. Sie wirbelt zwischen den Tischen hin und schlägt das Tamburin über dem Kopf. Sie girrt, quiekt, trällert, wirft ihre schwarze Mähne zurück, klappert mit den Augendeckeln. Sie wiegt sich in den Hüften, gleitet katzenhaft heran, lockt und weicht geschmeidig wieder zurück, wieder vor – wieder zurück – ein aufreizendes Spiel! Ab und zu verhält sie einen Augenblick, bis es wieder wie Rausch und Besessenheit in sie hineinfährt. Sie winkt mir und blitzt mich aus ihren schwarzen Augen an. Sie kommt zu mir hergetänzelt. Zwischen den Stühlen und Tischen hindurch gerade auf mich zu. Und jetzt hüpft sie leicht wie ein Federchen auf meinen Schoß!

Ich habe ein Mädchen auf dem Schoß! Und was für ein Mädchen!

»Zwei Turska Cafa! – He – Garçon, – Turska Cafa für Mademoiselle und mich!«

»Du nix parla jugoslawe? –«

»No – yes – vous etes très jolie, Signorina!«

»Oui, oui.«

»You are mein Schatzkästchen, mein allerliebstes Sweatheartchen, mein süßes Goldplömbchen!«

Oho, wir sind ein Herz und eine Seele! »Slatko!« ruft die Kleine, und der Ober bringt ein Tellerchen mit süßen, eingemachten Früchten und zwei Gläser mit Wasser.

»Keep fit and enjoy your life!«

Das war in Budapest, im Laden des Verkehrsvereins. Und nun bin ich in Belgrad – ja, ja, wie sich das so fügt!

Die Musik hebt wieder an. Erst verhalten und zögernd, wie ein paar kleine Wellen am Donauufer, dann wiegt sie eine Weile langgezogen auf und ab, bis plötzlich die wilden Rhythmen hineinzucken.

Da fährt das Mädchen wieder hoch und schlägt wie besessen mit dem Handballen auf das Tamburin. Sie hat einen Fetzen Satin um die Hüften gespannt, in dessen Glanz sich die Lampen spiegeln. Das Mädchen selber ist so gut wie nicht mehr vorhanden. Es gibt nur noch zappelnde Glieder, die an einer hohen, girrenden Stimme zu hängen scheinen.

Mein Schritt klingt viel zu hart in der wachsam lauschenden Nacht. Eine einzelne Laterne wird von der Dunkelheit fast erdrückt. Ich möchte ihr helfen können. Sie ist eine einsame Blume in der feindlichen Schwärze.

Ich bin seltsam wach und hellhörig. Ich kann durch das Dunkel hindurchschauen.

Ein paar Dirnen lehnen mit glimmenden Zigaretten an einer Hauswand neben den ausgelaufenen Augen leerer Fensterhöhlen. Eine zusammengehockte Alte mit einer Pfeife im Mund stiert mich aus dem Hausflur heraus an.

Es stinkt nach Fusel und Kloake. Auf einmal schrecke ich bis auf die Knochen zusammen, weil ich auf etwas Weiches, Nachgiebiges getreten bin. – Vielleicht war es nur eine faule Melone. Ich weiß nicht, wo ich bin. Ich kann auch niemanden nach dem Weg fragen. Ich gehe in der Mitte der Gasse auf den holprigen Steinen. Ich bin ein Fremdling hier.

Eine Katze huscht mir vor den Füßen weg, das ist, als ob ein schwarzer Lappen vorbeiwehte.

Da schleiche ich nun so hin und werde von meinen eigenen Schritten geschreckt. Es ist eine geschärfte Stunde, eine hinterhältige Stunde. Man sollte schreien, pfeifen, damit sie nicht Gewalt über einen gewinnt.

Ein Auto hupt zweimal ein paar Gassen weiter. Die Nebengassen sind wie schwarze Schlünde. Ein Schlund saugt sich in den anderen ein.

Aber alle Gassen haben ein Ende, sage ich mir. Auch dieser ranzige Gassenschlauch muß ein Ende haben.

Mein Schatten läuft vor mir her. Eine ganze Weile schon. Doch jetzt drückt er sich in einen Hauseingang. Gut, soll er haben. Ich werde ein Weilchen mit ihm stehenbleiben.

»Aber los, komm, jetzt nölen wir weiter!«

Mein Schatten pinschert wieder vor mir her. Dann wird er aber auf einmal ganz zapplig, und es kommt ihm plötzlich bei, zur Seite zu springen, nach rechts und nach links, und wieder nach rechts. – Und nun macht er sich einen Spaß daraus, hinter mir herzuschleichen, in einer leisetreterischen und infamen Art, als ob er etwas gegen mich im Schilde führte. Das geht so eine ganze Weile, bis es ihm zu langweilig wird, weil ich nicht dergleichen tue. Da kommt er auf einen neuen Einfall: Er zerteilt sich. Er fächert sich auf. Er will mich foppen. – Weiß schon! – Sollte mir einfallen!

Aber warte, jetzt gehen wir unter eine Laterne. So, und jetzt bleibst du hier eine Weile liegen, bis du deine Hitzköpfigkeit verkühlt hast.

Aber nun ist er bockig geworden und zeigt im Weiterlaufen seinen Trotz. Er läuft jetzt im Rinnstein lang. Für einen Augenblick besinnt er sich zwar eines Besseren. Dann liegt er wieder im Rinnstein, und dort bleibt er nun.

Aber ich werde doch wohl noch mit diesem hundsföttischen Schatten fertig werden!

Jetzt gehen wir da ins Dunkel! – Komm nur! Da hilft nun alles nichts! Da verliert er sich nun, da löscht er aus!

Aber es ist besser so. Besser als im Rinnstein.

Aus einem Haus dringt eine abgeschabte, dürftige Musik. Ich lehne an einem hölzernen Pfahl davor und weiß, was in dem Haus geschieht.

Ich hatte einmal einen Traum: Ich ging durch eine Straße und trug einen kleinen Diamanten auf dem Kopf, der immer größer und größer wurde wie ein Kristall in einer Druse und mir am Kopf festwuchs. Er bekam ganz scharfe Kanten und wurde so groß, daß er die Häuser zu beiden Seiten aufschlitzte. Ich konnte nun alles sehen, was darinnen vorging. Es war mitten in der Nacht.

So ist mir jetzt.

Hurra, sein gutt Freund!

Jeder Eroberer Belgrads hat gründlich mit den alten Festungswerken aufgeräumt und seine neue Burg über den Fundamenten der alten errichtet. Auch im Weltkrieg wurde die Festung geschleift, und seitdem ist von der strategischen Bedeutung des Kalemegdan nicht mehr viel übriggeblieben.

Über die ganze Festungsanlage ziehen sich heute Promenadenwege, und nur einige kriegerische Embleme, respektheischende Mörser und Haubitzen mit Stempeln der Kruppwerke, stellte man hie und da denkmalhaft gewollt auf. Mit ein paar Gebäuden im Verlies-Stil, in denen das militärgeographische Institut untergebracht ist, macht man harmlose Versuche, den Eindruck mittelalterlicher Mystik wieder zu erwecken. Als einziges altes Bauwerk ist der Turm Nebojscha, »Fürchtenichts«, übriggeblieben – die Reste der vorrömischen Epoche und der Römerzeit selber verstauben in Museen.

Für die Hilfe Frankreichs im Weltkriege ragt ein pathetisches Denkmal im Park des Kalemegdan, während der bronzene Siegesadler, den die Österreicher aufpflanzten, mit dem Kopf nach unten

Ein Bauer beim Frühstück,
Rohrfederzeichnung

zwischen rostigen Konservenbüchsen auf einem Gerümpelhaufen liegt.

»Sie transit…«

Vom Kalemegdan schaut man über den Stadtteil Dortschal, die Türkenstadt, die Save und die Donau und das weite flache Land, auf dem große Wolkenschatten ruhen.

Drüben liegt Zenum, das alte römische Taurunum, das meist die Geschicke Belgrads teilte. Durch eine neue, von Deutschen erbaute Brücke ist es mit der Hauptstadt verbunden.

Es zieht mich immer wieder in die Unterstadt. In der breiigen Mittagshitze bummle ich eine von niedrigen Häusern flankierte Straße entlang. Hier kaufe ich mir ein Stück Zuckerzeug, das nach Karamel und Parfüm schmeckt, dort esse ich etwas Gebackenes. Ich schaue mir die Schaufenster an und beobachte ein paar Straßenarbeiter, die mit somnambulen Bewegungen in breitgetretenen Opanken eine Baugrube ausheben. Nicht weit davon hocken drei zerlumpte Kerle auf einer Haustreppe und teilen sich in eine Melone. Die schwarzen Kerne spucken sie auf die Straße. Dort liegen sie zwischen vielen anderen in der Sonnenglut auf dem Pflaster wie hitzedumme Fliegen. Nun brauche ich nur diesen schwarzen Punkten nachzugehen, um zum Leonenhafen an der Save zu kommen.

Durch den knöcheltiefen Staub der Anfahrts-
wege ziehen armselige kleine Pferdchen klapp-
rige Wägelchen mit Riesenlasten grüner Melo-
nenkugeln. Es ist ein wildes Durcheinander, und
man muß sich vor den Rädern und den Deichseln
in acht nehmen. Die Kutscher schreien, daß ihnen die Halsadern heraustreten.

Auf jedem Schattenfleck hocken schmutzige
Kerle herum und lutschen an Melonenstücken.
Die Straßenränder sind glitschig von Melonen-
schalen und schwarzen Kernen.

Dunkelhäutige Burschen schleppen die Melonen, die in kleinen Holzbooten die Save herun-
tergekommen sind, in Körben auf ihren Schultern über schmale Laufplanken über den Staub
der Uferböschung herauf zu den klapprigen Gefährten.

Die laute, wirbelnde Betriebsamkeit hier im Hafen wirkt doppelt erregt in dieser einschläfernden
Hitze.

Plötzlich ruft mich ein fetter Kerl, der auf einem
der Kähne unter ein paar als Sonnensegel aufge-
spannten Lumpen zwischen aufgeschnittenen
Melonen hockt, auf deutsch an: »Hurra, sein gutt
Freund!« und bedeutet mir, über die Laufplanken
auf seinen hoch über die Borde mit Melonenber-
gen beladenen Kahn zu kommen. Er zwinkert
mir leutselig aus seinen Schweinsaugen zu und

nötigt mir große Melonenscheiben auf, die er mit einem rostigen Messer aus immer neuen Kugeln herausschneidet. Dabei wiederholt er, fettig über sein ganzes Gesicht strahlend und von Zeit zu Zeit sich vergewissernd, ob die Eigner der anderen Melonenboote dieser Szene auch die gebührende Aufmerksamkeit schenken:

»Hurra, sein gutt Freund!«

Die anderen sollen nur sehen, welche bevorzugte Stellung ihm seine Kenntnis der deutschen Sprache einräumt! Und ich esse und esse, esse mit dem ganzen Gesicht, wie sich das hier gehört. Doch mein Gönner wird nicht müde, mir immer neue Melonenstücke herunterzuschneiden und mir ins Ohr zu brüllen:

»Hurra, sein gutt Freund!«

»Ja ja, die sind gut, – freilich! – Aber jetzt mußt du friedlich sein, denn ich bin wirklich voll – gestrichen voll!«

Die Lastträger haben nun auch spitzgekriegt, daß hier was los ist, und ihre Arbeit eingestellt. Zusammen mit den anderen Schiffern blinzeln sie neugierig zwischen den Lumpen hindurch.

Und der Kerl bläht sich auf vor lauter Prominenz, grinst, daß sich seine Ohren nach hinten ziehen, klopft sich auf die Schenkel und mir auf die Schulter und brüllt in einem fort:

»Hurra, sein gutt Freund!«

Er ist nur noch ein schweißtriefender Klumpen aus Wohlwollen und Stolz. Wir unterhalten uns wirklich ausgezeichnet, und den anderen Schiffern hängt die Kinnlade herunter vor lauter Staunen über die Sprachkenntnisse ihres Kollegen.

Als ich mich endlich aus der Schatteninsel wieder in die blendende Hitze wagen will, nötigt er mir noch zwei mächtige Melonen auf und brüllt mir noch einmal mit schlußwürdiger Lautstärke ins Ohr: »Hurra, hurra, sein gutt Freund! Hehe, haha, sein gutt Freund!«

Nervöse Lichtreklamen flimmern auf dem blankgefahrenen Asphalt der Milanstraße. Vor den Kaffeehäusern stehen breite Reihen weißer Tische auf den Gehsteigen, an denen zumeist Offiziere vor blanken Kaffeegeschirren sitzen. Überall Offiziere! Offiziere und Soldaten!

Ich bummle nur noch so ein bißchen herum.

Ich habe mein Boot abgebrochen. Es liegt alles schon verstaut im Hafen. Heute nacht fährt der Dampfer »Saturnus« der DDSG, der mich für den halben Fahrpreis mit nach Giurgiu nehmen will, weil ich dem Direktor ein paar alte Zeitungsausweise zeigen konnte.

Ich bin an der Donau. Ein wenig zerfahrene Musik klingt hinter meinem Rücken aus einem Singspielhaus. Zwei Bojen dümpeln vor mir auf dem Strom, kaum wahrnehmbar, nur ganz wenig schwärzer als das Wasser. Ein Kahn gleitet fast lautlos vorüber, und auf einem Dampfer, der etwas weiter stromauf vor Anker liegt, wird mit Ketten gelärmt und hin und her gerufen.

Ich bin sehr müde. Das Hirn dämmert schon ein wenig. Nur mit Mühe drängen sich mir noch ein paar flüchtige Impressionen auf; ein Scheinwerfer, der drüben in Semlin in den Himmel sticht, ein grünes Licht, das auf dem Strom vorbeigezogen wird, ein paar betrunkene, torkelnde Kerle, die unter der Brücke in Streit geraten. Die Nacht trägt ihr Gebrüll laut herum. Auf einmal klatscht es wie von Faustschlägen. Dann aber wird es wieder ruhig. Nur ein Hund bellt gereizt, und auf dem Dampfer wird noch gepoltert.

Jetzt kommt auch meine Stunde. Ich schlurfe den dunklen Kai entlang zur Dampferlände. Das hellerleuchtete Schiff pfeift schon ungeduldig. Ich schleppe mein Gepäck an Bord. Nun wird der Laufsteg eingezogen.

Kolbenstöße beginnen zaghaft durch das Schiff zu rankern, nun werden sie eiliger und finden einen regelmäßigen Takt. Der Maschinentelegraph klingelt, von unten kommt Antwort. Die Pfeife schrillt zweimal gellend auf. Das Schiff zittert stark unter verhaltenen Energien, dann überträgt sich die Kraft auf die Schraube, langsam löst es sich vom Steg.

»Lebt wohl, ihr zwitschernden, trillernden, augenfunkelnden Singvögel von Belgrad, lebt wohl, ihr serbischen Zigeuner, lebt wohl, Melonenschiffer!«

Auf dem Oberdeck blase ich meine Luftmatratze auf und mache mir im Windschutz ein Lager für die Nacht zurecht.

Leuchtbaken blinken blinzelnd. Ein paar Lichter wachen am Ufer aus der Dunkelheit auf, drehen vorbei und verschwinden wieder wie von der Nacht erdrückt. Der starke Schiffsscheinwerfer sticht eine Lichtbahn in die Nacht und trifft auf ein paar ankernde Kähne oder einen entgegenkommenden Schlepper. Manchmal reißt er auch nur ein Stück Ufer aus dem Schlaf, verlischt jedoch bald wieder. Der Steuermann kennt den Strom. Er fährt im Dunkeln.

Nun fällt ein Stern vom Himmel, als wäre er des ewigen Stillestehens überdrüssig. Dann noch einer. Er zieht einen dünnen, goldenen Strich durchs Schwarzblau und verglüht. Unter dem gestirnten Himmel rauscht mich das Wasser in den Schlaf, und in die Nacht versunken zieht das Land vorüber.

Kopfweiden in überschwemmten Uferwiesen,
Rohrfederzeichnung

Katarakten-Fahrt

In aller Morgenfrühe kommt der Katarakten-Staatslotse an Bord, um das Schiff durch den Kazanpaß und das Eiserne Tor zu steuern.

Die Landschaft hat sich über Nacht verändert. Das serbische Hochgebirge ist ganz nahe an den Strom gerückt, der die Morawa aufgenommen hat. Semendria, die mächtige alte Donaufestung aus dem 15. Jahrhundert, in der noch bis 1870 eine türkische Besatzung lag, blieb weit zurück. Mächtige Felsen beengen jetzt den Strom. Der Tagausbeuter beobachtet mit seligem Entzücken, wie der neue Tag hinter dem Gefels emporwächst und die Berge, die bis jetzt wie eintönige Kulissen in einem stumpfen Blau gemalt waren, mit braunen, grauen und grünen Tönen versieht. Jetzt werden wir gleich nach Bezias kommen. Hier stößt die rumänisch-jugoslawische Grenze an den Strom. – Ist das ein Elend! Kaum habe ich mich daran gewöhnt, in Dinaren zu rechnen, heißt es jetzt in Lei denken.

Übrigens beginnt bald die Kataraktenstrecke, die großartigste Stromstrecke, ein gewaltiges Erosionstal, das die Banater Berge, die Ausläufer der Karpaten, vom Balkangebirge trennt und die große S-Schlinge unterbricht, die im Norden Siebenbürgen und im Süden die Tiefebene der Walachei einschließt.

Der Dampfer fährt jetzt viel zu schnell. Es ist Niedrigwasser, und der Babakei-Felsen ragt aus dem Strom. Eine schöne Türkin, die ihrem Gemahl entfloh, soll hier festgeschmiedet worden sein. Sie schrie und wehklagte, daher heißt der Fels »Babakei«, das schreiende Weib.

Immer enger drängen die hoch aufsteilenden Felsen das Strombett zusammen, und das Schiff nimmt einen vielfach gebrochenen Kurs von einem Ufer zum andern. Obwohl das Strombett stellenweise sehr tief ist, ziehen sich oft Felsenriffe hindurch, die bis dicht unter die Oberfläche reichen und nur durch einen unter Wasser ausgesprengten Kanal passierbar sind.

Der Maschinentelegraph klingelt andauernd. Mit halber Kraft fährt das Schiff seinen seltsamen Kurs. Wie die Rippen gestrandeter Wale ragen hier und dort die Spanten aufgelaufener oder im Weltkrieg versenkter Schiffe aus dem Wasser. Am linken Ufer wird nun die berühmte, in den Felsen gesprengte Széchéni-Straße sichtbar, die die Beständigkeit des Donauweges sichern sollte. Der Katarakt Steeka liegt schon hinter uns. Wir nähern uns den Stromschnellen Kozla und Dojke. Ich stehe auf dem Oberdeck, von wo ich nach allen Seiten freie Sicht habe, und lasse mir den Wind durch die Haare kämmen.

Neben mir hockt ein kleiner, dicker, glatzköpfiger Ungar in Badehosen auf der Kokosmatte, der durch seine unbekümmerten Begeisterungsausbrüche die Aufmerksamkeit aller Passagiere auf sich lenkt. Wieder und wieder klatscht er in die Hände und schreit mir irgend etwas Halbverständliches zu: »Fein, bravo, das sein eine serr gewaltige Natur! Gutt, gutt! Schöne Panorama! Serr schöne Panorama!«

Dann blättert er wieder wie wild in seinem Führer herum, und nun deutet er ganz aufgeregt auf das rechte Ufer. »Dort sein Straße von Kaiser Trajan!«

Dicht über dem Wasser erkennt man deutlich zwei Reihen in den Fels gehauener Löcher, in denen die Träger der oft kühn über dem Wasser auf einer Balkenkonstruktion liegenden Straße saßen, die Belgrad mit dem Schwarzen Meer verband und durch viele Kastelle und Wachtürme gesichert war.

Hinter Dubova öffnet sich das Strombett nochmals zu einem großen Kessel. Dann fährt das Schiff in den großen Kazanpaß, in dem die Donau auf eine Breite von 150 Metern zusammengedrängt wird.

Der dicke Ungar findet kaum noch Zeit, seiner

staunenden Bewunderung über die klobigen Felsen Ausdruck zu geben. Er hat seine Kamera geholt und rast wie ein Schamane auf dem Schiff hin und her, vom Heck zum Bug, auf das Oberdeck und wieder hinunter. Er kriecht wieselflink unter die Rettungsboote und hängt im nächsten Augenblick schon wieder am Geländer der Kommandobrücke.

Dann sinkt er in Schweiß gebadet ganz erschöpft neben mir auf die Bank: »Nix gutt, soviel sich bewegen! Ich wollen werden dick! Dick sein, serr gutt!«

Orsowa wird sichtbar. Das Schiff hält Kurs und fährt dann hinüber zur Insel Ada Kaleh.

Die Insel blieb bis 1912 türkisch, weil ihre Abtretung an Österreich-Ungarn im Berliner Friedensvertrag einfach vergessen wurde, nachträglich mußte ihretwegen ein besonderer Vertrag geschlossen werden.

Mit romantischen Erwartungen betritt man »Das paradiesische Eiland« der Prospekte und Reiseführer, das von Türken bewohnt wird und Sitz eines Paschas war.

Aber anstatt mit Tausend-und-einer-Nacht-Märchen wartet die Insel nur mit Ansichtskarten- und Andenkenverkäufern und den üblichen Fremdenverkehrsinsignien auf.

Kurz hinter der Insel liegt die Prigradra-Bank

quer im Strom, und schon von weitem sieht man das Wasser über Zacken und Riffe schäumen.

Früher mußten hier alle Schiffe geleichtert werden, und nur bei Hochwasser wagten es tollkühne Schiffsleute, die Klippen zu überfahren. Jetzt fährt man im ausgesprengten Schiffahrtskanal durch das »Eiserne Tor«. Der Kanal, in dem das Wasser eine Geschwindigkeit von 20 Stundenkilometern erreicht, ist so schmal, daß die Signalstationen immer nur ein Schiff hindurchlassen dürfen. Da nur die stärksten Schlepper stromauf gegen die Kraft des Wassers ankommen, bauten deutsche Truppen im Weltkrieg eine Treidelbahn, um die Getreidezufuhr aus den Balkanländern sicherzustellen.

Hinter Turn Severin öffnet sich das Stromtal. Soweit das Auge reicht, erstreckt sich wieder flaches Land zu beiden Seiten des Stromes. Links die große Walachei und rechts das bulgarische Tiefland.

Die Kolben pulsen in stupider Gleichförmigkeit durch den Schiffskörper.

In starken Mäandern windet sich die Donau an den ausgewaschenen Steilufern der nordbulgarischen Kreideplatte nach Osten.

Ausgetrocknete Maisstauden stehen gelbgrau auf den Feldern. Büffelherden dösen im Flachwasser. Hin und wieder werden ein paar Schilfhütten auf dem Steilufer sichtbar. Ich zerteile eine der Melonen, die mir der dicke Schiffer in Belgrad geschenkt hat, und mache mich mit dem Ungarn darüber her.

Kaum hat er die ersten Bissen hinunter, beginnt er wieder sein von pantomimischen Darstellungen unterstütztes Palaver.

»Ich nicht wissen Wort direkt! Ich machen Rundfahrt um Wort! Haha, hui huu!« Und er klopft sich auf den Bauch, lacht listig aus den Mondscheinäugelchen und ist überaus guter Dinge.

»Ich möchte haben – äh Baum, äh Hund – hmm, hm Baum – Hund, Pferd! – Verstehen? – Pferd wie Hund – äh, groß wie Hund aus Baum!« Dabei wiegt er in der Hocke auf einem nur in seiner Phantasie vorhandenen Gegenstand hin und her. Ich brüte eine Weile, bis mir plötzlich die Erleuchtung kommt. »He he, Kindskopf, ein Schaukelpferd willst du haben?«

»Ja ja, Schaukelpferd! Schaukelpferd, Pferd so groß wie Hund aus Baum! Ha ha, Schaukelpferd!«

Dann läßt er plötzlich seine halb angekaute Melonenscheibe liegen und packt mich am Arm:

»Auf Hinterdeck sein ein Wasser – äh, Wasser vom Himmel! Wunderschöne Wasser vom Himmel!« Und mit den übertriebenen Gesten der Schauspieler einer Jahrmarktsbühne schleppt

er mich zum Hinterdeck und dreht beifallhei-
schend die dort angebrachte Dusche auf. Auf
einmal liegt er unter dem Wasser auf den Decks-
planken, als wären ihm die Beine weggeschlagen,
und bleibt wie ein geprellter Frosch unter dem
herabpladdernden Wasser liegen.

Abends wird noch ein wenig getanzt, und am
nächsten Morgen erreicht der Dampfer Giurgiu.

Die Luft ist schwer von feuchtem Dunst, und das Licht des Morgens ist noch unentschieden. Vom Ufer ist nicht mehr zu sehen als die Landebrücke mit dem Stationsschild, hinter dem die Zollgebäude wie Kulissen im Nebel stehen. Es ist alles unwirklich und verwischt wie an manchen Herbsttagen.

Nun bin ich also in Rumänien!

Ein paar große Frachtstücke werden polternd verladen, der Steward übergibt, ohne ein Wort zu sagen, einem Zollbeamten die Pässe der wenigen ausgestiegenen Passagiere, dann holen die Bootsleute den Laufsteg wieder ein, und der Dampfer entfernt sich lärmend in den Nebel hinein, als würde er allmählich aufgesogen. Er fährt jetzt nur noch zum anderen Ufer hinüber – nach Rustschuck, dem bulgarischen Donauhafen. Dann ist seine Reise auf dem großen Strom zu Ende. Von hier zum Schwarzen Meer werden keine regelmäßigen Passagierlinien unterhalten.

Vor dem Zollhaus gehen zwei Posten mit aufgepflanzten Bajonetten in lange Mäntel gehüllt teilnahmslos auf und ab. Ich fühle, wie meine Miene unwillkürlich zu einer besonderen Zolldurchgangsphysiognomie erstarrt, die meine Redlichkeit den beiden verschlafenen, in schmutzigen Uniformen steckenden Zollbeamten sichtbar machen soll.

Während ich auf die Abfahrt des Zuges warte, der mich in die 80 Kilometer landeinwärts liegende Hauptstadt bringen soll, sickert allmählich die Sonne weißlich durch den Morgendunst. Von Giurgiu ist aber nichts zu sehen, denn die Stadt, eine Gründung der Genuesen, liegt am Rande des Donauüberschwemmungsgebietes eine halbe Stunde landeinwärts. Eine Rohrleitung verbindet Giurgiu mit dem Petroleumgebiet um Ploesti.

Als der Zug einfährt, merke ich, daß ich vergessen habe, meine letzten jugoslawischen Dinare und bulgarischen Lewa in rumänische Lei zu wechseln. Hier in Giurgiu-Port kann ich meinen rumänischen Kreditbrief nicht einlösen, und ich komme mir auf einmal, da ich auch kein Wort Rumänisch verstehe, recht aufgeschmissen vor. Doch um alles zu versuchen, klimpere ich dem Mann an der Fahrkartenausgabe mit meinen restlichen Münzen unter schwierigen pantomimischen Darstellungen meiner Notlage vor dem Gesicht herum, was er vollkommen ungerührt über sich ergehen läßt. Auch auf meinen rumänischen Reisescheck will mir die »Caille Ferrate Romane«, die rumänische Staatsbahn, keinen

Kredit geben. Erst nachdem ich mich wegen der unmittelbar bevorstehenden Abfahrt des Zuges äußerst verzweifelt und aufgeregt gebärde, ruft der Mann am Schalter einen anderen Beamten herbei, der mir in kümmerlichem Deutsch ausschweifend erklärt, daß ich die Fahrkarte in Bukarest nachlösen solle.

Aber nun nichts als hinein in den Zug!

Doch der Bootswagen paßt nicht durch die Abteiltüren. Ich muß in aller Eile das Gepäck abschnallen, während der Ungar wie auf Verabredung den entrüstet herbeieilenden Schaffner mit großen Redefluten und beinah handgreiflich festhält.

»Leute sein hier großes – haben große Affektion – äh – äh, – Leute sein hier Wüterich! Ja, ja, Beamter großer Wüterich!« stöhnt der Ungar und läßt sich schwitzend auf die Holzbank nieder. Um meine Sympathie fühlbar werden zu lassen, klopfe ich ihm auf die Schulter, und schnaufend fährt der Zug an. Fast ein ganzes Abteil füllt mein Gepäck.

»Hurra! Jetzt fahre ich mit der Eisenbahn! Mit der Rattatta-Eisenbahn nach Rumänien hinein!« Ich habe eine geradezu kindliche Freude daran, als ob ich das erste Mal mit einem Zug führe. Draußen scheint jetzt die Sonne. Ich lasse das Fenster herunter und stecke den Kopf weit hinaus, daß mir der Fahrtwind die Haare kämmt. »Da sein Mann mit Pferd!« schreit plötzlich der Ungar und deutet ganz aufgeregt auf der anderen Seite zum Fenster hinaus. Ein staubiger Weg zieht sich hier neben der Bahnlinie hin. Jetzt sehe ich auch einen schwarzhaarigen Kerl, der barfuß und ohne Sattel auf einem rotbraunen Pferd reitet, einen breitkrempigen Hut weit im Nacken und eine dunkelgrüne Flasche in der rechten Hand. – Kaum ist er auf gleicher Höhe mit der Lokomotive, zieht er auch schon den Kopf ein und schlägt dem Pferd mit den bloßen Fersen in die Weichen, daß es erschreckt hochsteigt und dann wie losgeschnellt davonrast, eine große Staubwolke hochjagend, die Pferd und Reiter unsichtbar macht. Als ob der Lokomotivführer die Herausforderung annähme, beginnt das gleichförmige Rattern des Zuges plötzlich um einige Zeitmaße schneller zu werden, und der Waggon schaukelt auf einmal so heftig hin und her, daß wir uns an den von der Decke baumelnden Lederriemen wie in hohem Seegang festhalten müssen.

Da geht auf einmal die Verbindungstür auf, und ein schmuddliger Bahnbeamter kommt, nach Halt suchend, hereingewankt. Er hat einen ausgefransten Schnauzbart und wäßrige Augen. Seine große Nase ist stark gerötet.

Doch da die Staubwolke des Reiters wieder zwischen den Maisstauden sichtbar wird, können wir ihm im Augenblick keine Beachtung schenken.

Der Ungar hängt den ganzen Oberkörper zum Fenster hinaus und schreit mit mir um die Wette in höchster enthusiastischer Begeisterung: »Tempo! Tempo! Laufen viel schneller! Du laufen, he! Hallo!« – »Los, dalli! Na, wirst du wohl! Tempo! Tempo! Caramba!«

Es ist schöner als im Zirkus! Der Kerl galoppiert wie ein junger Gott. Doch auch der Lokomotivführer gibt sein Bestes.

Der Schaffner aber legt unsere sehr sichtbare Freude anscheinend als lächerlich machende Profanierung seiner Dienstwürde aus, denn er sieht sich plötzlich genötigt, sich als großen Wüterich aufzuspielen, wobei ihm meine Zeltlampe vom Gepäcknetz herab beschwichtigend um den Kopf baumelt.

Unsere Lokomotive scheint auf einmal Dampf zu verlieren, denn der Kerl holt wieder auf. Doch als die Freude an dem tollen Rennen vor der Ungeduld des schimpfenden Beamten gerade ins Wanken geraten will, fliegt dem Kerl der Hut vom Kopf, und er pariert das Pferd mitten im schnellsten Galopp so rauh durch, daß es nur noch ein paar Sätze macht und dann kerzengerade in die Maisstauden hinein hochsteigt und bockt, ehe es der Kerl herumreißen kann.

»Schade!« rufen wir fast zu gleicher Zeit und winken mit beiden Händen, was der Kerl auch schon weit hinten mit seinem großen schwarzen Hut erwidert, während mir der Schaffner zornfunkelnd bedeutet, daß mein Gepäck zum Fenster hinausgehöre. »Billett! Billett!« ruft er dann aufgebracht und brummt noch etliche Flüche hinterher.

»Warum schimpfestu sosehrull?« frage ich mit meinem schönsten Aufruhrbefriedungslächeln und versuche ihm klarzumachen, daß ich erst in Bukarest meine Fahrkarte zu lösen gedächte, alldieweil – aber das ist durch Gesten nicht mehr darzustellen, denn der Schaffner wird so rot vor Wut, daß seine Augen heraustreten, als würde er stranguliert, und wir Angst bekommen, er könnte uns vor den Augen wegsterben.

Da kommt dem Ungarn der rettende Gedanke, dem Schaffner eine Münze in die sich bereitwillig öffnende Hand zu drücken, wodurch eine sehr beschwichtigende Wirkung erzielt wird.

Als wir wieder allein sind, fragt mich der Ungar, wohin ich denn eigentlich wolle.

»Zum Schwarzen Meer!«

»Oh, Schwarze Meer sein da und nicht da!« entgegnet er nach einer Weile Nachdenkens, nach

Westen deutend. »Oh, ich wissen genau: Du machen kleine Reise daneben! Du haben Geliebte in Bukarest!« Und er lächelt mir verständnisvoll und aufmunternd zu. Kaum hat er mir aber sehr umständlich erklärt, daß das Schwarze Meer gar nicht schwarz wäre, sondern nur so hieße, da torkelt auch schon wieder der Beamte herein und versucht mir klarzumachen, daß ich nicht 2000 Lei, sondern, da ich fremd wäre, nur 250 Lei Strafe zu zahlen brauche.

Als ich ihm darauf sagen lasse, daß ich nicht einmal über diese Summe verfüge, sondern bargeldlos reise, und ihm zur Bekräftigung meinen Kreditbrief unter die Nase halte, macht er ein sehr betroffenes Gesicht und gibt mir, nachdem er sich ausführlich bedacht hat, mit entsagungsvoller Miene meinen Paß zurück – meine Fahrkarte müßte ich aber nachlösen!

Rumänien hat sich mir nun auch als höfliches Land vorgestellt.

»Man glaubt es kaum, – man glaubt es kaum!« murmele ich eine Weile stereotyp in das Räderrattern, und der Ungar sitzt mit großen Augen und gleichsam erstarrt mir gegenüber, was bei ihm scharfes Nachdenken bedeutet. Bis ihm mit Hilfe halbverstandener Worte und seiner nicht unbeträchtlichen Kombinationsgabe die Zusammenhänge klargeworden sind, hat der Zug den Gara de Nord in Bukarest erreicht. Nun wechselt er sprunghaft in ein aufgeregtes Gebaren und fuchtelt mit den Armen, als hinge er an Fäden, die von einem betrunkenen Marionettenspieler bewegt werden.

Ein sprudelndes deutsch-ungarisches Abrakadabra ergießt sich über mich, und nachdem der Ungar mir seine Adresse notiert hat, nimmt der Abschied geradezu herzergreifende Formen an.

Bukarest –
Prospekt und Wirklichkeit

Ich bin nun in Bukarest. In einer fremden Stadt.
Was wird mir hier begegnen? Bukarest – was ist
das für eine Stadt? – Rumänien, was ist das überhaupt? Ein altes Land? Ein neues Land? – Alles,
was ich aus Büchern und Zeitungsbildern weiß,
packe ich zusammen mit dem dicken Reiseführer weg.
Ich bin nun ganz locker, ganz ausgewischt und
kann dem Leben der fremden Stadt zuschauen
wie einem Schauspiel, dessen Textbuch ich nicht
kenne.
In der Wechselstube habe ich meinen Kreditbrief
eingelöst. Nun stehe ich vor dem modernen Gara
de Nord.
Noch habe ich nicht teil an dem Leben, das laut
und betriebsam vor der breiten Freitreppe vorbei-
treibt. Noch ist mir das Neue nicht durch die
Gewohnheit vertraut und gleichgültig geworden.
Ein Zeitungsjunge gibt mir im Vorbeistürmen
einen Schub, daß ich die Treppen hinunterstol-
pere. Ich setze ihm ein paar Schritte nach, – doch
schon ist der Versuch, ihn zu erwischen, aus-

sichtslos, denn er ist wieselflink durch den Strom und Gegenstrom der Vorbeidrängenden hindurchgehuscht und hat sich auf den Puffer einer vorbeiratternden Straßenbahn geschwungen, auf dem er nun mit baumelnden Füßen davonfährt. Es ist wunderbar, ohne Gepäck hier oben über der Betriebsamkeit einer fremden Straße zu stehen, die zum Platzen drallen Beeren von der eben vom ersten rumänischen Geld erstandenen Rebe zu zupfen und dabei das fremde Land zu beobachten, Sprachklänge zu hören, deren Sinn nicht deutbar ist, Worte zu lesen, die sich hinter fremden Buchstaben verbergen, und die Gesichter der Vorübergehenden auszudeuten.

Schwarzäugige Zigeunerweiber hocken auf dem Bordstein in ihren verwaschenen Röcken und halten Blumen feil, Astern, Lilien und Gladiolen in berauschender Fülle. Helle, gemusterte Kopftücher rahmen ihre dunkelhäutigen Gesichter und geben ihnen eine schlichte Schönheit, stärker als aller Modeputz. Ein starkmotoriger Wagen kommt lautlos heran, und eine weiße Hand deutet auf einen roten Strauß. Ich male mir aus, wie das Gesicht der Dame aussehen könnte, das mir ein breitkrempiger Hut verbirgt, bis der Wagen mit einem lautlosen Satz vorschießt und sich in die Bahn des Verkehrs einreiht.

Ein kleiner schieläugiger Betteljunge kommt barfuß auf dem heißen Pflaster angetrippelt. Er hat eine Zigarrenkiste vor dem Bauch hängen. Mit einer Hand zupft er an einer über die Kiste gespannten Saite, während die andere ein Bakschisch erfleht. Doch kaum hat er irgendwo Fuß gefaßt, wird er auch schon wieder vom Verkehrsstrom zur Seite gedrückt und hin und her gestoßen.

Mir tut der Kerl leid, ich winke ihn heran. Eilfertig kommt er gelaufen und zupft ein paar armselige Töne aus seinem kläglichen Instrument. Er hat übergroße Elendsaugen und steckt in schmutzigen Lumpen. Seine Freude über die Münze beteuert er mit ein paar verlegenen Worten, die ich nicht verstehe, dann ist er ganz plötzlich im Verkehr untergetaucht.

Ich habe aber noch keine fünf Minuten am selben Ort gestanden, als auch schon vier genauso armselige Kerle mit einem halbwüchsigen Mädchen herankommen. Sie zeigen mir, Bakschisch heischend, in Pappkartons kleine Meerschweinchen und Katzen, einer will mir anscheinend einen verrosteten Schlüssel verkaufen, während sich mir das Mädchen mit nicht mißzuverstehenden Gesten anbietet.

»Jetzt ists aber genug!« Die Bakschisch flehende Meute mit kleinen Münzen bedenkend, was sie aber nicht als Zufriedenstellung, sondern als An-

sporn hinnimmt, sich an meine Fersen zu heften,
bringe ich mich in einer Schenke in Sicherheit, in
deren Schaufenster die schönsten Eßbarkeiten
ausgestellt sind. Der riesenhafte Wirt stellt mir
eine Karaffe Wein auf den Tisch, und dann deute
ich auf die Gerichte, die ich mir einzuverleiben
beabsichtige. Es gibt Piftele, in kleine Stücke ge-
hacktes Fleisch, von dessen Güte mich der Wirt
durch dramatische Gesten und lautes Zungen-
schnalzen zu überzeugen weiß, dazu Cnopida
Carviol, gebackenen Blumenkohl, und zuletzt
Patlagele rosi umplute, einen großen Berg gebra-
tene und gefüllte Tomaten.
Die Namen für diese guten Dinge sind der
Grundstock meines rumänischen Sprachschat-
zes, was immerhin einen verheißungsvollen An-
fang bedeutet.
Nur mühsam wage ich mich wieder aus dem
Schatten der Schenke heraus, denn es ist fast un-
erträglich heiß geworden. Flimmernd und unbe-
weglich bleibt die Luft in den Straßen stehen, nur
den Kutschern, die die zahlreichen, »Birja« ge-
nannten Fiaker fahren, scheint die Hitze nichts
auszumachen, sie tragen dicke schwarze Kafta-
ne.
Nun lasse ich mich forttreiben wie ein steuerlo-
ses Schiff. Ich habe keine Richtung und kein
Ziel. – Eine häßliche Geschäftsstraße mit bru-

talen Reklameschildern und an langen Stangen zur Anlockung über der Straße baumelnden Hosen und Jacken nimmt mich auf. Schmutzige Wirtshäuser liegen dicht aneinander, und in den Torbögen stehen trotz des hellen Nachmittags hektisch bemalte, mit dünnen Fetzchen bekleidete Mädchen, denen man ihren lebenslustigen Beruf auf den ersten Blick ansieht.

Junge Kerle verkaufen Walnüsse, die sie in großen Glasflaschen unter dem Arm tragen und laut schreiend anpreisen. Sie sind barfuß wie die Bettelkinder und die Zeitungsjungen.

Ich habe noch nicht viel Kinder gesehen, die keinem Erwerb nachgehen. Die meisten treiben sich als Schuhputzer herum. Für zwei Lei macht sich einer mit Hingabe über meine Landausgehpanten her.

Ein Taxischofför versucht mich bald darauf mit resoluter Gewalt zu einer Fahrt in seinem Wagen zu bewegen, was mich zu der Überzeugung bringt, daß meine äußere Erscheinung einen geradezu finanzkräftigen Eindruck vermittelt.

Mein Schnauzbart hat ja auch einen durchaus saloppen Schwung bekommen – nur meine Hosen haben leider einen doppelten Bruch.

Ich komme nun in eine Straße, die sich »Boulevard« nennt, was aber keineswegs zu anspruchsvoll ist, denn sie verfügt über großartige doppelte

Fahrbahnen, mächtige, in der prallen Sonne hell-
leuchtende Hochhäuser, Hotelpaläste, Bankpa-
läste, Geschäftspaläste, Telephonpaläste, – in
großspurigem Yankeestil –, eine richtiggehende
Skyline. Auf den flachen Dächern sperren die Gerippe der abends in Funktion tretenden Leucht-
schriften in den Himmel. Teilweise haben die
ohne Stilempfinden nebeneinandergesetzten
Prosperity-Paläste noch Bretterverschläge und
Gerüste. Überall werden neue Baugruben ausgehoben und alte, verfallene Gebäude, Reservats-
viertel, abgebrochen. Rohes und angestrengtes
Pathos drückt sich in diesen Straßen aus. Die
Zementpaläste können nicht überzeugen. Wo sie
nicht in einer geschlossenen Front stehen, sondern sich allein zwischen Bauplanken und ebenerdigen, liederlichen Hütten breitgemacht haben, wirken sie hilflos und verloren. Doch auf jeden Fall helfen Wolkenkratzer zur Stärkung des
Selbstbewußtseins. Wenn man an die Rückstän-
digkeit des Volkes und an die große Zahl der
Analphabeten denkt, erscheint der Wille, diese
Stadt mit amerikanischem Standardrhythmus zu
erfüllen und sie zur Metropole zu machen, kurios
und die dafür aufgewandte Energie erstaunlich,
denn der Grundzug des Volkscharakters ist ja
eher Lässigkeit als Strebsamkeit. Überall zeigt
sich dicht nebeneinander Beharren und Vor-

wärtsdrängen, Byzanz und Neuzeit. Vor kurzem gab es noch kein richtiges Pflaster, keine Kanalisation. Bukarest war ein großes Dorf. Es ist kaum 70 Jahre her, daß die Bojaren dem Sultan noch tributpflichtig waren. Jetzt wird alles Rumänische kosmopolitisch nivelliert.

So habe ich mir etwa Detroit vorgestellt oder Michigan, aber nicht Bukarest.

Balkan – das klang immer ein wenig exotisch und rückständig. Aber hier hat man mit großem Mut den Fortschritt auf die Fahnen geschrieben, man hat den Ehrgeiz, etwas zu sein, wenn man sich vorerst auch mit Scheinwerten begnügen muß, denn es fehlt ja der Nährboden einer alten Kultur. Auch in diesen Repräsentationsstraßen hocken barfüßige Zigeunerinnen, betteln schmutzige kleine Kerle um ein Bakschisch, drängen sich halbwüchsige Burschen als Schuhputzer auf, und die »Bragiagu« verkaufen laut schreiend ihre aus Hirse gebraute »Braga«.

Mir kommt jetzt eine zusammengerottete Menge Menschen entgegen. Vornweg schreitet machtbewußt mit spreizenden Schritten ein Gendarm, von einem Trommler begleitet. Vor einem Laden bleibt der Zug stehen. Es gibt einen großen Menschenauflauf. Ein mächtiges Getrommel findet statt. Man sagt mir, das wäre hierzulande die Art, mit säumigen Steuerzahlern umzugehen. – Die Rumänen sind eben ein Musik liebendes Volk.

Es ereignet sich dies und das, es ist, im ganzen gesehen, recht kurzweilig. Nur so mörderisch heiß dürfte es nicht sein, oder man müßte über einen weißen Tropenhelm verfügen wie der Verkehrsschutzherr, der es scheinbar aufgegeben hat, dem regellosen Verkehr zu nahe zu treten, und nur ab und zu ein paar schläfrige und zerfahrene Bewegungen macht. Die Füße werden mir schwer. Ich bin schon ganz stadtmüde. Ich stemme meine Hände in die Hosentaschen und versuche, mir den Anschein unternehmender Forsche zu geben. Und das war gut. Denn soeben hat mich ein hochbeiniges Mädchen mit schwarzen Augen angeblitzt, was immerhin eine Herausforderung gewesen sein könnte. – Wer weiß!

Sie steigt mit verhaltenen Bewegungen vor mir her. Ich unterstelle mich gewissermaßen ihrer Initiative und habe meine heimlichen verderbten Gedanken dabei.

Da gehen wir nun also diesen Boulevard hinunter. Wir kommen zu einem Platz mit Palmen, und dann taucht ein großer, heller Palast auf, vor dem Posten mit abgezirkelten Bewegungen wie Roboter auf und ab stelzen. Dann kommt wieder ein großes, leicht vernachlässigtes Gebäude. »Posta.« Aha! Mein Leitmädchen überkreuzt die

Straße und besorgt drüben etwas in einem Laden. Ich schaue mir unterdessen die Schaufenster an, und als sie herauskommt, fange ich wieder ein Lächeln auf. Von mir aus kann das so weitergehen!

Schaufenster, – Offiziere mit breiten Achselstücken und großen Tellermützen, – mich interessiert alles. Jede Kleinigkeit. Die vielen bunten Reklamen, die Gebäude, die Art, in der halbnackte Arbeiter einen Wagen mit Erdreich beladen, die antiquarischen Straßenbahnen, eine Gruppe von Bauern, die neugierig angestarrt werden, weil sie ihre Tracht, weißes Leinenzeug und bunte Fellwesten, tragen – und das Mädchen – das Mädchen vor allen Dingen! Manchmal sieht sie über mich hinweg, und dann wirft sie mir wieder ermunternde Blicke zu.

»Sta!« ruft mir ein Polizist zu und deutet auf die Verkehrsampel. – Mein Leitmädchen ist schon hinüber. Leider! Es dauert eine Ewigkeit, bis der Verkehrsstrom vorbei ist. Immer neue Autos, Kutschen, Straßenbahnen. Endlich kann ich zwischendurchwitschen und auf der anderen Straßenseite nach ihrem Lederhütchen Umschau halten. Sosehr ich mich auch anstrenge, – sie taucht nicht wieder aus dem Gewühl auf. Schade – vielleicht hätte sie mir heute abend Bukarest gezeigt! – Nun muß ich wieder selbst an jeder

Kreuzung die einzuschlagende Richtung bestimmen. Ich komme an einer kleinen, hilflos zwischen den hohen Häusern eingeklemmten Kapelle vorbei. – Ich war noch nie in einer griechisch-orthodoxen Kirche, und so verlasse ich die sonnengleißende, lärmende Straße und trete in die dunkle, abgewandte Stille der Kapelle.

Erst allmählich stellen sich die geblendeten Augen um und können in der dämmrigen, nur mühsam von vielen kleinen, duftenden Kerzen erhellten Dunkelheit die getriebenen Goldkörper alter Ikonen hinter den Schwaden der kleinen Kerzen erkennen, die auf Tischen wie Opfergaben in kleinen Weißbroten stecken. Ein schwarzer Pope geht still beschäftigt und lautlos umher. Auf dem Boden liegen Beterinnen, deren moderne farbengrelle Kleidung sich seltsam gegensätzlich und weltlich ausnimmt in diesem mystischen, von den Kerzen gelb durchwirkten Dunkel. – Monoton murmelt der Pope, ab und zu hört man das Flüstern der Beterinnen, und im Ohr klingt noch summend der Lärm der Straße nach. Es ist auf einmal alles so still und reglos. Diese Kapelle ist wie eine kleine Insel des lieben Gottes, der von dem stillen Popen bedient wird.

Ja – aber jetzt will ich Rabindranath heißen! Dort kniet doch wahrhaftig mein Leitmädchen vor einer großen, frisch angesteckten Kerze und kümmert sich nicht darum, ob ihr gewagtes Hütchen zu den Ikonen paßt oder nicht!

Doch ich mache mich auf leisen Sohlen wieder davon. Gar nicht einfach, sich hier auszukennen. Es gibt in Bukarest viele Geschäfte, die »Folklore« verkaufen. Die rumänische Stickerei hat sich die Welt erobert. Damit ist sie aber zu einer Art Industrie geworden, und man bekommt nur noch wenig gute alte Stücke, und diese nur zu phantastischen Preisen.

Um so überraschter bin ich bei einer Dame, die im ganzen Land Volkskunst aufkauft, auf große Stapel der schönsten Stücke zu stoßen, auf eine ganze bunte Kirmes, ein berauschendes Farbenfest sondergleichen. Eine Fülle, die das Auge kaum fassen kann, die einen schier trunken macht. Da gibt es geschnitzte Hausgeräte, Löffel, Töpfe, Krüge, breite Ledergürtel mit feinster Federkielstickerei, schweren getriebenen Silberschmuck, gebuckelte Gürtelschnallen und die prächtigsten gewebten Teppiche, – vor allem aber die unsagbar schönen, buntbestickten Kleidungsstücke: die »Fotà« der Frau, die zweiteilig wie Schürzen vom Gürtel herunterhängen, wunderbare Röcke, Blusen, Schleier, Hauben und die bestickten Pelzjacken, die »Cojoc«. In vollendeter Harmonie der Zeichnung sind auf ihnen in festlichen Farben Blumen, Blätter, Vögel,

Rauten und einfache Linien zu anmutigsten Ornamenten durcheinandergeschlungen. Nirgends ist die Natur direkt nachgezeichnet, sondern alle Formen sind, wie von der Realität irdischen Daseins erlöst, in eine übergeordnete Welt wunderbar stilisierter, ornamentaler Darstellung gerückt, die in nie sich wiederholender Mannigfaltigkeit wie Hieroglyphen der Volksseele von der einfachsten Bauernmagd auf das selbstgewebte Leinen gezaubert werden. Ich bin ganz trunken von der Fülle. Vor der festlichen Farbenflut finde ich erst allmählich die tausendfältige Schönheit des Kleingefüges in den Mustern.

Hier muß ich auch etwas kaufen! Und wenn ich nur mit Hungern und Zähneklappern ans Schwarze Meer kommen sollte! Und ich schmücke mich kurzerhand mit der Tracht eines Großbauern aus der Bukowina: mit einem weiten Leinenrock, einem schweren Gürtel und einem weißen Pelzmantel, dessen nach außen gekehrte Lederseite mit bunten Lederornamenten und dicken Stickereien besetzt ist.

Schon den dritten Tag laufe ich durch die Straßen von Bukarest. Ich studiere gewissermaßen die Physiognomien der Straßen. Sie sind verschieden wie die Gesichter der Menschen, die darinnen wohnen.

Da sind zum Beispiel die Händlergassen, die man erreicht, wenn man den großen Boulevard Bratianu hinabgeht und dann die Richtung nach dem Flüßchen Dimbowitza einschlägt. Die Reklamewildheit hat sich hier in ein tolles Furioso hineingesteigert. Ein grelles Plakat überdrängt das andere bis zu den Dächern hinauf, und an manchen Stellen sieht man den Himmel nur durch ein Gewirr von über den Straßen hängenden Schildern. Diese Straßen heucheln nicht. Sie sind keine Plagiate. Sie geben sich, wie sie sind. Erwerbssucht und Besitzgier wohnen in ihnen beieinander. Der Beruf ihrer Bewohner ist es, zu feilschen, und ihre Leidenschaft, zu betrügen. Nachts gehören sie den Dirnen. Aus Schenken, die man tags gar nicht bemerkt, leuchtet rotes Licht und klingt schwüle Musik. Halb von Reklameschildern verdeckt und nur durch eine Hintertür zu erreichen, steht eine kleine Kirche nicht weitab von den Hurenhäusern, vor den Läden ringsum baumeln an langen Stangen neben allerlei profanen Dingen, Baumwollhemden und Hosenbeinen, auch Riesenkerzen wie Orgelpfeifen gestapelt und an den Dochten aufgehängt, in den Schaufenstern sind allerlei religiöse Utensilien aufgestellt. Und über das Dach der Kapelle ragen die oberen Stockwerke eines Wolkenkratzers empor! Mittelalter und »Fortschritt«.

Melonenhändler,
Feder- und Pinselzeichnung

Es gibt auch ein Viertel der Altwarenhändler. Dort stöbere ich gerade herum. Die Händler haben die Zähigkeit Besessener und die Hartnäckigkeit von Idioten. Ehe man sichs versieht, hat man einen alten deutschen Militärmantel an, und es wird einem mit unerhörten Redefluten klargemacht, daß man es seinem Vaterlande schuldig wäre, diesen Mantel gewissermaßen aus dem Exil zu befreien. Doch ich bin tabu gegen alle Angriffe. Kaltblütig lasse ich mich auf jedes Geschäft ein und bezahle den schon frohlockenden Händler mit meinem so überaus bewährten falschen 250-Lei-Stück, das dieser, wie üblich, erst auf den Boden wirft, dann eingehend betrachtet und mit einem Magneten untersucht, den hier jeder Händler zur Hand hat, und es sogleich von sich schiebt, als hätte es den Aussatz, – mir bedeutend, daß es falsch wäre. Ich mime den Erstaunten, ich halte das einfach für unmöglich und mache ihm verständlich, daß es nun bedauerlicherweise nicht zu dem schönen Geschäft kommen könne. – Kismet!

In Rumänien soll unglaublich viel Falschgeld kursieren. Man kennt sich als Fremder nicht aus und bekommt es aufgehängt. Bis jetzt hatte ich jedoch nur Freude daran.

Man erzählt sich auch, daß ein rumänischer Olympiasieger seine Medaille, von der Gewohnheit überwältigt, sofort auf den Boden geworfen habe, um den Klang zu prüfen.

Weitergehend komme ich auf Pubertätsstraßen, die noch nicht recht zu wissen scheinen, zu welchem Charakter sie sich entwickeln wollen, und in parvenühaft protzige Straßen, mit ein paar modernen Läden wie mit Pfauenfedern herausgeputzt, solche, die sich mühsam anstrengen mitzukommen, und dann in die ganz großen Boulevards, voller anmaßender Selbstsicherheit, mit chromgleißenden Cafés und allen aus der neuen Welt importierten Raffinessen, von denen die Prospekte und Zeitungen großsprecherisch berichten. Von zusammenfallenden Zigeunerbaracken an der Rennbahn, von den großen Horden elender Kinder, die sich den Vorübergehenden schreiend an die Fersen heften, von den syphilitischen Kerlen und verwahrlosten Mädchen wissen die Blätter nichts. Sie wissen auch nichts vom elendesten Viertel in Bukarest, vom croce di piadre.

Hier ist das geschminkte Elend der ganzen Bordellstraßen zu Hause.

Offizierskasino und
Zigeunerlager

Ich habe mich in der Innenstadt verlaufen. Zwei
Offiziere kommen mir entgegen. Als ich sie auf
französisch nach dem Weg frage, klemmen sie
kurzerhand ihre Säbel unter die Achseln und
nehmen mich in die Mitte. Ehe ich mich versehe,
sind wir dicke Freunde.

»L'Université! – Le Banque National! – Théâtre
National!« Die Offiziere deuten hierhin und
dorthin und überbieten sich gegenseitig in Erklä-
rungen. »Oh«, gebe ich zur Antwort oder »Da? –
Si si – yes –«, wie es gerade kommt, und ich weiß
nicht immer gleich, ob das Rumänisch oder Ungarisch ist oder vielleicht auch Serbisch.

»Oh«, sagte ich, – »König Carol – Kronprinz Mi-
chael!«, und sie staunen, wie ich in der rumänischen Politik Bescheid weiß. Manchmal gucken
sie durch den Sucher meiner Kamera. Sie beneh-
men sich ganz natürlich, sie scheinen keine sehr
hohen Ämter zu bekleiden.

So kommen wir wieder über das Flüßchen Dimbowitza und steigen dann zur Metropolitankir-
che hinauf, dem religiösen Mittelpunkt der ru-

mänischen orthodoxen Kirche, von wo man über Bukarest schauen kann.

Da liegt die Stadt mit dem Geschachtel ihrer Häuser! Die Stadt der 800000, die ihre eleganten Boulevards mit der gleichen Selbstverständlichkeit zeigt wie ihre Elendsviertel, die abstößt und anzieht, die Gestern und Heute und schon ein wenig Morgen ist, voller mächtig anziehender Energien, von denen man noch nicht weiß, ob sie durchhalten werden, – nicht schön für den Ästheten, aber so bunt und lebendig und interessant, daß man mittendrin ist, daß man gepackt wird und nicht Zuschauer bleiben kann. Ich weiß, daß ich diese Stadt liebe, – vielleicht um ihrer Widersprüche, ihrer Spannungen willen.

Wir kommen nun zu einem buntbewegten Markt nahe bei den Fleischhallen. Schuhputzer hocken in allen Ecken auf ihren kleinen Schemeln, von wackligen Karren herab werden große Melonen verkauft. Ein Schutzmann stellt sich in Positur, weil er glaubt, er würde photographiert, und ein paar alte Kerle fletschen an Melonenschalen, die sie sich anschließend gegenseitig ins Gesicht knallen, wodurch sie einen großen Spaß haben. Walnußhändler und Zeitungsjungen brüllen sich die Seele aus dem Leib.

Unsere französischen Sprachkenntnisse reichen nur zu mühsamer Verständigung aus.

»Bucuresti est une ville très belle, – n'est-ce pas?« fragen sie wieder und wieder in immer neuer Form, als ob sie ihre gesamten grammatischen Kenntnisse an dieser einen Phrase ausprobieren wollten, und ich füge jedesmal beteuernd hinzu:

»Parfait – et très interessant!«

Wir kommen zum Volksgarten Cismigiu. Palmen, Sukkulenten und Kakteen wachsen in tropischer Üppigkeit. Dazwischen schieben die Kindermädchen der reichen Bukarester ihre Schwingachsenkinderwagen.

Langsam wird es kühler. Die ersten Schaufenster leuchten auf. Bald beginnt der Tanz der Lichtreklamen. Die Hauptverkehrsadern beleben sich schnell mit einem ununterbrochenen Menschenstrom.

Jetzt ist Bukarests Stunde gekommen. Der Lichterglanz wird immer festlicher. Der Tag ist auf seiner Höhe angelangt.

Aus der hellerleuchteten Tiefe der Kaffeehäuser wehen hin und wieder Fetzen sehnsüchtig machender Musik. Die Abendstunde hat hier etwas seltsam Erregendes. Das Treiben der Vorübergehenden ist wie mit Elektrizität geladen.

Unversehens überkommt mich der Wunsch, aus der Enge der Straßenschächte auszubrechen und jetzt am Schwarzen Meer sein zu können. Ich sehe die Linie der Kimmung im Mondlicht. Ganz schwarz ist das Meer und ein wenig heller der Himmel, und ich höre das schluchzende und patschende Anschlagen kleiner Wellen.

»Hallo, mon ami!« fährt mir einer der beiden dazwischen »Avez-vous aussi —«, und dann folgt eine Frage, die bedeuten soll, ob wir in Deutschland auch so schöne Frauen hätten, wobei er mit Blicken auf eine Vorübergehende weist, hinter deren schwarzem Schleier zwei dunkle Augen glänzen und ein rotgemalter Mund halboffen steht. Sie hat etwas Verhaltenes und Dunkles, wie viele Mädchen hier.

Ich antworte ihm, daß diese Domna auch für mich keine neutrale Sache wäre, was er mit Genugtuung hinnimmt.

Wir überqueren nun einen großen Platz, der den Verkehr in sich einsaugt und in regelmäßigen Stößen, die von dem Aufleuchten der Ampeln reguliert werden, wie ein pumpendes Herz wieder fortstößt.

Aus einem Hochhaus dringt eine lautsprecherverstärkte Reklamestimme brutal über den Straßenlärm hinweg. Die meisten Leute schlendern wie wir ohne ein bestimmtes Ziel. Das Promenieren wird mit Leidenschaft betrieben.

In einer Konditorei kaufen wir Rachat, eine Art türkischen Honig mit Früchten und Nüssen darin in Riegeln, deren Querschnitte aussehen wie die Flächen köstlich polierter Achate.

Jetzt winken meine Trabanten ein Auto heran, und bald ist um uns das ruhelose Zurückgleiten und Überholen anderer Wagen. Von vielen Reifen blankgefahren, schimmert der schwarze Asphalt vor uns. Der Luftzug umweht uns erfrischend. Wie es uns gerade gefällt, geben wir dem Schofför durch Berühren seines rechten oder linken Armes die Richtung an. Wir fahren an einem Park vorbei, dann rasen wir eine breite Betonstraße hinab, bis wir in ein Villenviertel kommen. Wir stolpern eine Weile über elendes Pflaster durch dunkle Gassen und steuern uns nach vielem Hin und Her, worüber der Schofför sich gar nicht genug wundern kann, genau an den Abfahrtsplatz zurück. Wir finden alle drei, daß dies ein ausgezeichneter Spaß war.

An der Kreuzung zweier Hauptstraßen liegt auf einer hohen Terrasse das Offizierskasino. Vor der großen, erleuchteten Freitreppe, die zu den weißen Stühlen und der Musikkapelle hinaufführt, drängt sich das Volk. Auf sinnfällige Weise wird so die Bedeutung des Militärs herausgestellt.

Die Kapelle spielt unaufhörlich. Eilfertig laufen weißbefrackte Ober zwischen den Tischen und den in großen Kübeln aufgestellten Palmen hin und her und bringen Wein und eine Menge Ge-

schirr, auf dem sie den herrlichsten Donaukarp-
fen vorlegen.

Ich denke an die vielen Zeltnächte, an die
Abendmahlzeiten, die durch Zeitig-ins-Zelt-
Kriechen ersetzt wurden, und finde, daß die Zivilisation immerhin auch ihr Gutes hat. Doch
wenn die Musik wieder anhebt, denke ich nicht
mehr an die Beschwerlichkeiten der langen Donaufahrt, sondern werde von einer leisen, weh-
mütigen Sehnsucht nach Zeltnacht und Wasser
erfüllt. Ach ja, Unrast ist wieder in mir. Sehnsucht nach dem Wasser, ein süßes ziehendes Gä-
ren.

Ich habe großes Verlangen, noch ein wenig allein
zu bummeln, und verlasse die beiden »Officiers«,
nachdem wir unsere Anschriften und noch viele
Höflichkeitsbezeigungen ausgetauscht haben
und ich ihnen feierlich versprochen habe, ihnen
eine Ansichtskarte und ein paar illustrierte Zeitungen aus Deutschland zu schicken.

Schwarz klafft die dunkle Nacht zwischen den
Lücken der Hochhäuser. Der Lichtschein aus einem offenen Fenster scheucht sie nahe meinem
Weg in einem großen Kreis vom Boden. Zwischen Bauplanken sehe ich, daß hier eine Baugrube ausgehoben wird. Diese Arbeit besorgen
meist Zigeuner, die nachts auf den Baustellen
bleiben.

Da hocken sie nun um ihre Feuer neben Erdhügeln, Planken und aufgeschichteten Ziegelsteinen mitten im Zentrum zwischen Hochhäusern, Banken und Hotelpalästen. Taxis hupen, Straßenbahnen klingeln, Neonröhren spiegeln sich gleißend im Asphalt – doch die Zigeuner hocken an ihrem Feuer, als wäre dies alles nicht da. – Ihre scharfen Gesichter werden phantastisch von unten her beleuchtet, aus dem Dunkel herausgerissen und auf eine seltsame Art entwirklicht.

Als ich in den flackernden Lichtkreis trete, mustern sie mich erstaunt eine gute Weile –, dann schieben sie mir – ohne ein Wort zu sagen – eine Kiste hin. Ein junger Kerl hat zur Fiedel gegriffen. Jetzt steht er auf und beginnt zu geigen, während Flammenschein über sein Gesicht irrt und hinter ihm sein schmaler Schatten hin und her zuckt. Die anderen starren mit glänzenden Augen in das Feuer und stampfen nur leise den Takt mit den nackten Füßen.

Es ist wie eine Gaukelei aus Müdigkeit und Erregung. Jetzt spielen drei Geigen, schmelzend und wiegend mit ein wenig Bombom und Dunkelheit darin. Das klingt wie die Wellen der Donau, wenn sie nachts ans Ufer kommen. Nun wird die Musik silbrig und schmerzend süß. Die anderen singen mit hohen Stimmen dazu. Plötzlich aber springt sie in jähe Takte hinein, als würde sie geschüttelt. Sie wird hart und metallisch und fährt mit rhythmischer Reizung ins Blut.

Ich fühle, wie sich etwas in mir spannt. Die anderen ducken sich unter der Musik wie Raubtiere. – Da bricht sie ebenso plötzlich wieder zusammen und entläßt uns aus ihrem Bann.

Nun kommt auch der silberne Mond schmal wie eine venezianische Gondel hinter einer dunklen Hauswand herauf und vergießt ein fahles Licht, langsam in die Dunkelheit wie auf schwarzem Nachtwasser hineintreibend.

Ich schließe die Augen. Süß und dünn singt eine Geige ganz allein. Lange bleibt ihr klarer Ton in der Nacht hängen.

»Sta!« sagte anderntags wieder ein Polizist, als ich die Wache vor dem Königsschloß photographieren wollte. Dann folgte noch einiges, das ich nicht verstand, wobei er mir seine Hand auf die Schulter legte und mich bedrohlich anblickte.

Doch ich wog kühl die Lage ab. Plötzlich kam mir der Einfall, daß in der Brieftasche noch eine Empfehlung der rumänischen Gesandtschaft an das rumänische Pressebüro und das nationale Verkehrsbüro auf schwarzumrandeten Staatsbogen ruhte.

Als der Polizist den Bogen sah, war er plötzlich wie ausgewechselt, er eskortierte mich als mein schön ausgeputzter Ritter, keine Widerrede erwartend, zur ONT (Officiul National de Turism), dem nationalen Fremdenverkehrsbüro, das später noch eine so unerwartet große Rolle spielen sollte.

Es ist in der Strada Wilson in einem ganz neuen Haus untergebracht, das im Gegensatz zu den Hochhäusern maßvoll zurückhaltende Repräsentation zeigt. Starkmotorige Wagen parken davor, und an den hohen Fahnenmasten weht die Trikolore Rumäniens.

In der Vorhalle ist eine Ausstellung rumänischer Bauernteppiche aufgebaut. Wunderbare Stücke in satten Tönen hängen an den Wänden. Einem livrierten Diener übergebe ich meine Briefe und werde bald darauf in ein Zimmer geführt, in dem gerade eine blonde Dame mit klangvoller Stimme hinter einem großen Schreibtisch telephoniert und mich nun lächelnd zum Platznehmen auffordert.

Ich habe noch eine Weile Zeit, auf die rumänischen Laute zu lauschen und mir die großen Photos anzusehen, die die Wände schmücken: Schneebedeckte Gipfel, Schafhirten, Windmühlen aus Bessarabien, freskengeschmückte Klosterkirchen aus der Bukowina, tanzende Bauern, Petroleumtanks –.

»So, da wären Sie also!« redet sie mich auf deutsch an. »Sie sind uns natürlich schon längst avisiert!«

Diener kommen und gehen, und dazwischen hinein klingelt das Telephon.

Sie ist von einer offenkundigen Tüchtigkeit, die ihr aber nichts von ihrem natürlichen Charme nimmt. Für eine Weile bin ich ihr »Objekt«. Sie läßt sich meinen Paß geben und will mir das Aufenthaltsvisum besorgen lassen. Sie klingelt nach einem Diener und übergibt ihm den Paß mit ihren Anweisungen. Dann fragt sie, ob es Dinge gäbe, für die ich mich besonders interessiere, und da ich nicht sogleich antworte, führt sie mich zu einer großen Wandkarte und fährt mit einem geschnitzten Papiermesser darauf herum.

»Hier Bukarest! Hier die Karpaten! Hier ist gerade ein großes Lager der Staatsjugend. Interessiert Sie das nicht?«

»O doch!« werfe ich ein.

»Gut! General G. ist gerade dort. Ich lasse Sie telephonisch anmelden!«

Ich will ihr sagen, daß ich eigentlich so schnell wie möglich wieder an die Donau fahren will und dann ins Delta und ins Schwarze Meer. Doch sie läßt gar keinen Einwand aufkommen und fährt mit schönem Lächeln fort:

»Sehen Sie, und hier sind die alten Sachsenstädte Kronstadt, Klausenburg, Hermannstadt. Danach fahren Sie am besten nach Bistritz und über die Karpaten. Jassy wollen Sie sich gewiß ansehen und Czernowitz und dann Bessarabien! Vorher natürlich die Klöster in der Bukowina! – Ich lasse Ihnen einige Routen ausarbeiten, damit Sie möglichst viel von unserem schönen Rumänien zu sehen bekommen, das noch so wenige kennen. Die Fahrkarte und die Pläne schicke ich Ihnen in das Hotel. Ihren Paß natürlich auch.«

Unsicher werfe ich ein, daß ich aber nur wenig mehr als eine Woche Zeit hätte, aber sie wischt auch diesen Einwand weg, und auf meine Kamera deutend sagt sie:

»Photographieren Sie nicht wieder. Ich werde sofort das Bureau de Pressei anrufen, das Ihnen nach Ihrer Rundreise so viel Photos zur Verfügung stellen wird, wie Sie haben mögen!«

Ich finde keine Zeit zu antworten. Ich bin dieser plötzlichen Änderung meiner Absichten gleichsam durch höhere Gewalt noch nicht ganz gewachsen. Irgend etwas wehrt sich noch in mir gegen das Herumgereichtwerden, – der Strom – mein Plan –. Doch dann ist die Lockung größer. Gut, also nächstens ein Trip durch Rumänien!

Unter mir rattern die Räder des Rapid, der mich in die Karpaten zum Lager der Staatsjugend bringen soll. In Sonne getaucht eilt das flache Land vorüber. Gelbe, ausgedörrte Maisfelder, ein einsam hochragender Galgenbrunnen, dann wieder hochgetürmte fahlgelbe Strohfeime, ein paar Bäume mit dunklen Schatteninseln darunter, ein in die Ebene geducktes Dorf mit tief herabgezogenen, verwitterten Strohdächern, ein saftgelbes Feld und blendend weiß an der Bahnlinie die gekalkten Kilometersteine mit den Buchstaben C F R, Caille Ferrate Romane.

Eine langstielige sattgelbe Sonnenblume am Bahndamm ist für lange Zeit die einzige starke

Rumänisches Dorf,
Feder- und Pinselzeichnung,
Sepia

Farbe, denn jetzt wird alles grau und dunstig. Petroleumzüge versperren ein paar Augenblicke lang die Landschaft. Dann schaue ich wieder zwischen den vorbeifetzenden Telephonstangen über ausgedörrte Wiesen, auf denen kohlrabenschwarze Schafe in großen Herden weiden.

An jeder Brücke stehen Militärposten mit alten Schießprügeln und Mordspießen mit Bajonetten darauf. Wenn der Zug vorbeikommt, nehmen sie linkisch Haltung ein.

Nun tauchen im Dunst der Ferne über abgeernteten Feldern arabeskenhaft die Karpaten auf, eine gezackte Kulisse, die sich erst im Näherkommen gliedert.

Bald treibt das flache Land langgestreckte Hügelrücken aus sich heraus, auf denen die Bohrtürme wie schwarze verbrannte Wälder stehen. Hellgraue Petroleumtanks liegen links und rechts der Strecke, und unendlich lange Petroleumzüge warten auf den Nebengleisen.

Die Schienen springen durcheinander. »Ploesti!« Stadt der Erdöltanks und Raffinerien! Hier wurden die ersten Erdölfunde Rumäniens gemacht.

Die stumpfe Hitze der sonnengesengten Ebene läßt allmählich nach. Dichte Wälder drängen sich an die Linie heran, nun keucht der Zug mit drei Maschinen das Prahova-Tal hinauf.

Ich stecke den Kopf weit zum Fenster hinaus, daß der frische Wind mir in den Haaren kämmt.

Zwischen den alten Bäumen ragen halbverfallene Kalköfen, und ganz oben auf den Matten sieht man Kühe weiden. Der Zug fährt so langsam, daß das Auge Zeit findet, alles aufzunehmen: die wilden Seitentäler, mächtige Baumriesen und ganz oben den nackten, wild zerklüfteten Fels, der gleich steinernen Flammen aus dem Grün der Wälder heraussteilt.

Da es mir nötig erscheint, mit der Geschichte des Landes vertraut zu sein, in das ich Hals über Kopf als Staatsreisender hineinfahre, memoriere ich ein wenig, was ich mir aus Prospekten zusammengelesen habe: »Man weiß nicht, wann das rumänische Volk seine Geburtsstunde hatte. Man weiß auch nichts über seine Kindheit. Vielleicht war die thrakisch-getische Bevölkerung, die Herodot erwähnt, der Urkern. Als Provinz Roms hat das Land unter dem Namen »Dacia felix« fast zwei Jahrhunderte lang in Berührung mit der lateinischen Kultur gestanden, die vielleicht die Grundlage der Existenz des rumänischen Volkes überhaupt ist und so viele Spuren hinterlassen hat, daß ein Archäologe behaupten konnte, man könne Rumänien bereisen, ohne einen andern Führer zu besitzen als die Karte des Ptolemäus und die Peutingersche Tafel.«

»Da Sinaia!« Das »Castelul Peles«, die im Laubsägestil erbaute Sommerresidenz des Königs.
Kurhäuser tauchen auf, Villen, Parks, Tennis-
plätze, exotische Bäume.

»Als Durchgangsgebiet der Völkerwanderung
hat Dacien im Mittelalter die furchtbarsten
Schrecknisse erleiden müssen. An der Donau,
am Nistru setzten die Rumänen ihr Staatsleben
fort, nachdem sie den Einbrüchen der Türken
und Tataren standgehalten hatten. Sie bewahr-
ten ihre Selbständigkeit und setzten dem Vor-
dringen des Islams Widerstand entgegen.«

Mit dem Gruß »Sânatâte« und drei Hurras werde ich im Lager empfangen. Der Junge kommt sich vor wie Lindbergh nach der Ozeanüberquerung und versucht sich den Anschein zu geben, als wäre er derartige Ovationen durchaus gewöhnt. Der General spricht fließend deutsch. Er hat in Deutschland seine militärische Ausbildung genossen, ist aber schon lange nicht mehr im Heeresdienst. Er hat einen schön geschnittenen, schmalen Kopf, unter starken grauen Brauen blicken klare blaue Augen in einer seltsam wechselnden Mischung von Güte und Schärfe. Er trägt eine weiße Uniformjacke mit einer Medaille am roten Band, die ihn zur Gratisfahrt in der ersten Klasse der Staatsbahn berechtigt, wie er mir scherzhaft verrät.

Während die Lagermannschaft auf einer tiefer liegenden Wiese Ball spielt, führt er mich im Lager umher. Es besteht aus kleinen, im Halbkreis angeordneten Holzhütten für acht bis zehn Jungen und einigen Zelten, die gerade alle sorgsam geschmückt sind, weil ein Wettbewerb um die schönste Unterkunft ausgeschrieben wurde.

»Die Jungen entstammen durchweg sehr armen

Familien. Sie gehen alle schon irgendwelchen Berufen nach. Die Kosten für das Lager tragen sie nur zu einem kleinen Teil selbst.« Ich erkundige mich nach der Organisation der Staatsjugend. Der General erzählt:

»Die Landeswacht wurde auf Befehl des Königs gegründet. Zum Muster haben wir das englische Pfadfindertum genommen. Jungen vom 7. bis zum 21. Lebensjahr werden erfaßt und vor allem zum Sinn für richtige Freizeitgestaltung erzogen. Sie machen dann eine vormilitärische Ausbildung durch, die mit Arbeitsdienst verquickt ist. – Importé d'Allemagne!«

Ein Trompetensignal ruft die Lagermannschaft zum abendlichen Flaggeneinholen zusammen. Im offenen Viereck stehen die Jungen um den Fahnenmast mit der blau-gelb-roten Trikolore. Ein paar knappe Kommandos gehen hin und her. Die Körper der Jungen spannen sich straff und militärisch. Die Mienen werden feierlich und in patriotisch gestimmter Regungslosigkeit verharrend, singen sie »Traiasca Regele«, die Nationalhymne.

Die Fahne sinkt vom Mast herab und wird von der Mannschaft mit erhobenem rechtem Arm gegrüßt.

Nun singen die Jungen getragen das Vaterunser. Es folgt noch das patriotische Lied »Tricolorul«

und, als die feierliche Regungslosigkeit sich schon ein wenig abnützt, noch der »Marsul Strajarila«.

»Sie singen ja zu Hause auch, wenn Sie die Flagge einholen«, sagt der General. »Wir machen Ihnen das gleich ein bißchen zu sehr nach.«

Es ist schon dunkel. Wir steigen nun durch den urigen Wald den Hang hinauf. Hoch oben auf einem Felsvorsprung haben die Jungen ein Feuer entfacht, das mit gelber Lohe das Nachtdunkel durchsticht. Nun hocken wir mit ihnen auf Felsblöcken im strahlenden Feuerkreis. Ringsum ist die Welt in Dunkel und Schatten ertrunken, dem geblendeten Auge unsichtbar.

Höher und höher wachsen die Flammen. Wind fährt in den Feuerstoß, daß die züngelnden Flammen wie wilde Furien hochtanzen und das Holz laut prasselt und kracht.

Die Gesichter sind verwandelt, als wären die Tagmasken von ihnen abgefallen. Ein schlanker hochgewachsener Junge tritt in den offenen Kreis. Er schüttelt seine schwarzen Locken aus der Stirn und beginnt auf einer Geige wild und erregend zu phantasieren. Einen Augenblick noch sitzen die Burschen wie gebannt, dann springt die Musik plötzlich in sie hinein und gewinnt Macht über sie, daß sie vor den Flammen zu tanzen beginnen, mit kleinen, trippelnden Schritten, die langsamer und schneller werden, wie die Musik es will.

»Eine Surba«, sagt der General. Es ist ein wilder und schöner Tanz.

Jetzt tanzen die Jungen langsamer, sie streben auseinander, fassen sich bei den Händen, kommen wieder zur Mitte und tanzen immer schneller werdend im Reigen. Eine Hora!

Eine Weile beobachte ich genau, wie sie ihre Füße setzen. Dann hält es mich nicht länger. Ich springe auf, und die Schar nimmt mich lachend in ihren Reigen auf, während die Umsitzenden und der General vor Freude in die Hände klatschen. Nun beginnen sie zu singen, lauter und lauter, daß die Fiedel und das Prasseln des rotglühenden Holzes übertönt werden. Die Tanzenden schreien, und ich muß mir auch mit schrillen Juchzern Luft machen. Es ist wunderbar! Der Gesang wird immer schneller, die Geige mischt sich wieder hinein – noch ein wildes Furioso – dann bricht die Musik plötzlich ab.

Allmählich sinkt auch das Feuer in sich zusammen. Die Jungen singen jetzt langgezogen schwermütige Lieder. Der General mischt seine volle tiefe Stimme in das helle Singen, und das Feuer wird ganz still. Eine weißliche Rauchwolke steigt zum Nachthimmel.

Ich lehne mich zurück. Da ist der Sternhimmel

über mir. Die schwarzgezackten Umrisse der Karpatenberge, die Gegenwart uralter Wälder, da sind die Gesichter der Jungen, rotbeschienen von der zusammensinkenden Glut, und nun klingt auch noch einmal die Geige auf.

Ich schaue in die Nacht und bedenke, wie seltsam das alles ist: daß ich jetzt hier bin mitten in den Karpaten am Feuer der Jungen, daß ich gestern abend noch in Bukarest war, am Feuer der Zigeuner, die am Boulevard Bratianu auf ihrer Baugrube lagerten, daß ich unstet bin wie ein Vagant und meine Tage aus der Hand des Zufalls nehme.

Nun geht mir das alles durch den Sinn: Ich bin jetzt weit weg vom Strom. Tief in den Karpaten. Aber der Strom ist noch in mir. Nachts im Schlafe fühle ich noch sein Auf und Niederwiegen, das Ziehen und Gleiten der tausend Wellen, die unter dem Kiel meines Bootes durchzogen, ich höre auch wohl noch den leisen Ton des Geschiebes und das Reiben des Wassers an meinen Borden.

Die Geige singt immer noch. Klarer zeichnen sich die Umrisse der Berge im wachsenden Mondlicht gegen den Himmel ab. Im Tal unten rattert, ein vielfaches Echo aufweckend, der D-Zug nach Paris-Est.

Ein Bauer ruht sich nach dem Markt
auf seinem Wagen aus,
Feder- und Pinselzeichnung

An Siebenbürgens reichen Tischen

In Kronstadt, der alten Sachsenstadt, spricht man überall Deutsch. Daneben auch Rumänisch und Ungarisch, denn vor dem Kriege gehörte die Stadt zu Ungarn. Die Aufschriften sind dreisprachig. Aus einem bunten Gewimmel gestreifter Sonnenschirme erhebt sich in der schönen Weite des Marktplatzes, hellgelb in der prallen Sonne aufleuchtend, der gedrungene Turm des Rathauses. Hinter der Schwarzen Kirche, der spätgotischen evangelischen Kirche Kronstadts, klettere ich auf einem Serpentinenweg hinauf zur »Zinne«.
Der Lärm aus den betriebsamen Straßen wird immer dünner und verlorener, bis ich dann in großer Höhe aus dem dichten Wald auf einen Felsvorsprung heraustrete und auf einmal das Gewimmel und Gedränge roter Dächer mit dem sonnenhellen, vielfach verzweigten Straßengeäder tief und steil unter mir liegt.
Mir ist es plötzlich, als hätten sich meine Füße von der Erde gelöst, es wird alles schwerelos, und das Gefühl des Schwebens hält noch an, als ich schon wieder meine Augen über das unabsehbar weit der Sonne hingebreitete Land schweifen las-

se. Und ich muß vor der Fülle des Geschauten die Augen schließen. Unter mir die Stadt mit ihrem tausendfältigen Kleingefüge, Bäumen, Plätzen, Schornsteinen, Eisenbahnlinien, und den weit verzweigten Industrieanlagen an ihrem Rand, dahinter das seltsam eingeteilte Feldermuster des flachen Burgenlandes, über das die Sonne Wolkenschatten wie breitgelaufene Tintenkleckse hingleiten läßt, die unendlich vielfältig belebte Landschaft auch noch auf ihre Art mit hellen und dunklen Flecken musternd.

Dörfer hier und da, kleine Buschwäldchen und weit in der Ferne bläulich getönte Bergzüge, die über weißlichem Dunst schweben, als ob sie schon mehr dem Himmel als der Erde angehörten. Zur Seite aber drängt sich der Karpatenbogen mit einem hügeligen, wiesenbedeckten Vorland und schroffem, zum Himmel emporgesteiltem Fels mächtig ins Bild.

»Das ist wieder eine Rosine aus dem Welthefekuchen!« sagt der Tagausbeuter. »Das ist der Rahm von der Milch des Landes!«

Nun fahre ich mit einem Auto durch die Felderbreiten, und der Weg, den das Auge von der Höhe mit eins faßte, scheint sich nun mutwillig zu dehnen, bis er endlich Zeiden erreicht, ein Sachsendorf mit breiten Straßen und großen, ordentlichen Bauernhöfen, die mit der Schmalseite der

Straße ein ziegelgedecktes Tor zukehren und Wohlhabenheit verraten.

Der Dorfälteste erzählt mir, daß von den 5000 Bewohnern dieses großen Dorfes zwei Drittel Deutsche seien, Moselfranken, die im Jahre 1225 hergerufen wurden, nachdem der Ritterorden das Land vom König Andreas zu Lehen bekommen hatte. Sie sprächen das schwer verständliche und dem Kölnischen ähnliche »Sächsisch«.

Er führt mich gleich nach der Kirche, die, von einer mächtigen Umfassungsmauer umgeben, breit zwischen alten Bäumen aufragt. Auf der Innenseite der starken, mit Wehrgängen und Schießscharten besetzten Ringmauer, deren Türme von den einzelnen Zünften verteidigt werden mußten, sind kleine Kammern wie Hühnerställe vielfach übereinander gebaut, in denen bei Kriegsgefahr die Familien des Dorfes Zuflucht finden sollten. Der Besitz einer solchen Kammer in der Kirchenburg schien früher so wichtig, daß dieser »Schloßanteil« in alten Teilbriefen noch vor dem Hof selbst erwähnt wurde.

Der Eingang der Kirche wird gerade mit Girlanden aus Reisern und Blumen geschmückt. Ich bin eben zurechtgekommen zu einer großen Sachsenhochzeit. 400 Gäste sind eingeladen, ich inbegriffen.

Ich muß mit zum Dorfgasthof, wo die Frauen des

Dorfes zusammenkommen und abliefern, was sie für die große Feier beisteuern: Rahm, Butter, Eier, Hennen, Gänse und das beste Mehl. Hinter einem Schuppen schlitzen blanke Schlachtmesser die weißen Bäuche der mit gespreizten Hinterbeinen aufgehängten Schweine. Buntschillernde Gedärme quellen hervor. Eingeweide und Blut füllen große Schüsseln. Der süße Geruch des noch warmen Blutes liegt schwer in der Luft. 58 Spanferkel, 3 Kälber, 2 Schweine und ein Ochse müssen ihr Leben lassen. In der Küche wird gebacken und gebraten und gesotten, daß man sich in den tausend Rüchen gar nicht mehr auskennt und vor lauter duftendem Dunst nur mühsam sehen kann. Zu hohen Bergen werden die Hanklich, runde Blechkuchen, geschichtet, und in einem großen Zuber walkt ein handfestes Weib einen Riesenteig von 300 Eiern. Die Luft ist erfüllt von Rede und Gegenrede und den verschiedensten Lachtönen, die dieser großen Kochschlacht die Fröhlichkeit einer schneidigen Attacke geben.

Die Brautleute seien gerade »sich verzeihen« gegangen, sagt mir mein Führer. Da durch Erbschaftsangelegenheiten und Streitereien die Familien oft entzweit wären, zur Hochzeit aber alles fröhlich beisammensein solle, kämen die Brautleute und die Eltern und Verwandten zusammen und schlichteten ihre alten Feindschaften.

Als schon Posaunen und Klarinetten laut in die Mittagsstille tönen, streben viele sonntäglich gekleidete Menschen dem Kirchplatz zu, wo sich, von Wagen und Gaffenden umgeben, nun ein großer Zug sammelt.

Die wunderbar geschmückte Braut, eifrig darauf bedacht, ihren Blick nicht vom Boden zu heben, läßt vorläufig von ihrem Gesichtchen noch nicht viel sehen, während der Bräutigam, von vier sorgsam ausstaffierten Burschen wie von einer Leibwache umgeben, mit strahlendem Gesicht immer neue Gäste begrüßt, denn es dauert noch eine geraume Weile, ehe das Zeichen zum Aufbruch in die Kirche gegeben wird.

Nach der Kirchenfeier ordnet sich der große Zug wieder, und unter Vorantritt zweier kostbar bestickter Fahnen und der sich sehr militärisch gebärdenden Musikkapelle setzt er sich unter dröhnenden Klängen durch staubige Straßen nach dem großen Saal hin in Bewegung.

Die Hunde haben sich vor der sengenden Sonne in den spärlichen Schatten unter den Hoftoren verkrochen, und die Katzen blinzeln schläfrig von den Treppen der Hauseingänge herab. – Es ist ein langer Weg durch die pralle Sonnenhitze, und die Männer schwitzen und dampfen in ihren schweren schwarzen Pelzröcken, und bald sind ihre Schuhe grau vom Staub und ihre Kehlen für das in Erwartung stehende Mahl gebührend ausgetrocknet.

Neben zwei großen Tischen, auf denen je ein Teller steht, haben sich Braut und Bräutigam im girlandengeschmückten Saal aufgestellt. – Die Musik bläst einen schmetternden Tusch, und der »Hochzeitswartmann« ruft mit posaunenlauter Stimme in die gespannte Stille hinein:

»Die beiden da haben sich nun verheiratet! – Sie fangen nun neu an! – Und da wollen wir ihnen helfen, den Grundstein zu legen, wie es der Brauch ist. Greift recht tief in eure Taschen!«

Sofort setzt die Musik wieder ein, und vornweg die Eltern und die nächsten Anverwandten, bewegt sich der Zug an den Tellern vorbei, und jeder legt seine klingende Hochzeitsgabe darauf.

Damit für das große Essen Platz wird, werden nun die Brautgeschenke, die auf langen Tafeln ausgestellt waren, in große Tücher gepackt und von jungen Burschen in das Haus der Braut getragen.

Die Musikkapelle hat währenddessen auf dem Podium Platz genommen und spielt, von der ersten Runde Bier angespornt, einen Schmettermarsch nach dem andern, als ginge es ums Leben, so daß die Umstehenden die Anordnungen des

»Hochzeitswartmannes« kaum verstehen können.

Schließlich findet aber doch jeder der riesigen
Gesellschaft an den weißen, blumengeschmück-
ten Tischen Platz, und nach ein paar von großem
Beifall überschütteten und von rauschenden
Tuschs verherrlichten Reden beginnt das große,
von vielen schon mit sichtbarer Ungeduld erwar-
tete Essen.

Jetzt wird die große Kochschlacht zur Entschei-
dung gebracht! Terrine nach Terrine wird in langer Prozession von jungen Mädchen in blüten-
weißem Leinenzeug in den Saal getragen, und
bald erfüllen verheißungsvolle Düfte die Luft.

Es gibt zuerst Rindfleisch in Nudelsuppe, die das
reinste Öl ist.

Die Schnauzbärte triefen von Fett, und die jungen Frauen haben unter Kichern und Schwatzen
Mühe, sich nicht zu verschlucken, was hin und
wieder zum großen Spaß der Umsitzenden unter
heftigem Prusten doch der einen unterläuft. –
Immer neue Lachwellen schlagen durch den Saal,
und die Fröhlichkeit wird immer lauter.

An der Spitze der Tafel sitzt die Braut mit hochro-
tem Gesicht und erwidert allerlei Scherzworte
und gute Wünsche mit leichtem, verschämtem
Nicken.

Die Sonne, die in schrägen Strahlen durchs Fenster fällt, läßt den gelben Wein in den Gläsern auffunkeln und legt blendende Kringel auf die weißen Tischtücher, wo Fliegen und Wespen auf den Flecken verschütteter Soße nun ihrerseits mit dem Festmahl beginnen.

Nach der Suppe kommen große Platten mit gefüllten Tomaten, großen Fleischstücken, Kartoffeln und Terrinen mit Paradeiser- oder Rosinensoße, und man muß schon beim Anblick dieser leckeren Dinge an den Garten Eden denken.

Mein Tischnachbar, ein großer, schnauzbärtiger Bauer, dem man die Trink- und Freßfestigkeit ansieht, ermahnt mich immer wieder mit Blikken, meine Schuldigkeit zu tun.

Große Unterhaltungen können wir nicht führen, denn wir genießen die Nachbarschaft der Musikkapelle, unter deren Stühlen sich die Biergläser sammeln. Abwechselnd ihren Brand löschend und ihr musikalisches Geschäft besorgend, strengen sie sich redlich an, daß ihnen der Schweiß von den geröteten Gesichtern läuft.

Mein Tischkumpan völlert nach allen Regeln der Kunst, als gälte es zu zeigen, was ein handfester Siebenbürger Bauer zu vertilgen vermag, und die Aufwartemädels haben alle Hände voll zu tun, um den Nachschub immer rechtzeitig ins Treffen zu bringen.

Jetzt zerlegt er mit allen Zeichen zufriedener Ge-

nugtuung ein knuspriges, goldbraunes Spanferkel und schiebt mir mit zutunlichem Grinsen die
Hälfte auf den Teller. Dazu haut er mir mit einem gurgelnden Laut kräftig auf die Schulter und
trinkt mir ein ums andere Mal zu. Ich muß ihm
ebensooft Bescheid geben, und es ist bald nicht
mehr weit zu einem richtigen Rausch.

Oh, wir verstehen uns ausgezeichnet! Sein Au-
genzwinkern wird immer zutraulicher, und sein
Lachen immer breiter und dröhnender. – Er hat
mich gewissermaßen unter seine Fittiche genommen, damit ich mir unter den vielen fremden Leuten nicht ausgeschieden vorkommen
soll, und traktiert mich, daß ich essen muß, ob
ich will oder nicht.

Schon rülpsen die Männer und die Frauen. Ein
Bauer erhebt sich schwerfällig und will eine Rede
halten. Aber es will keiner recht zuhören, und so
geht die Rede bald wieder in allgemeiner Fröhlichkeit unter.

Als die Torten und Kuchen kommen, will schon
keiner mehr so recht. Viele haben sich schon ver-
drückt. – Aber mein Freßkumpan läßt noch nicht
locker. Er hat seinen breiten Gürtel aus den
Schlaufen gezogen und neben sich gelegt. Immer
wieder winkt er die Mädchen heran und ißt sich
mit erstaunlicher Zähigkeit durch immer neue,
wunderbare Gerichte, während die Musik schon

erschöpft in ihrer lärmenden Betätigung innehält und die anderen Gäste sich Luft machen oder nach den Tieren sehen, denn der Kreislauf des bäuerlichen Tages darf trotz des Gelages nicht ruhen.

In dieser großen Freßpause wird auch die Braut umgekleidet. Sie bekommt nun die rote Frauenhaube mit dem kostbar gebockelten Schmuck aufgesetzt, während der Bräutigam die Männertracht anlegt.

Da aber noch genug Menschen übrigbleiben, die keiner Verrichtung nachgehen müssen, sammelt sich vor der Tür bald wieder ein Zug, der in unordentlicher Fröhlichkeit durch die Gassen zieht und das ganze Dorf anfüllt mit Jauchzen, Johlen und Schreien. Drei Musiker, die sich aufgerafft haben, versuchen immer wieder das Ganze im Takt zu halten, – doch die Ausgelassenheit läßt sich schon keine Zäume mehr anlegen, sondern kobolzt nach ihrer Lust in tollen Bocksprüngen. Schließlich einigt man sich aber doch, zu dem Hof eines Bauern zu marschieren, der krank zu Hause liegt und nicht zur Feier kommen konnte. Im Hof nimmt die ganze Gesellschaft Aufstellung, und dann wird dem Kranken ein Ständchen gebracht, daß es nur so eine Art hat.

Man hat sich bewegt und wieder einen handfesten Durst erzeugt. Dem Himmel sei Dank!

Einmütig bewegt sich der Zug zurück zum Saal, wo die Tische schon wieder zur Jause gedeckt sind. Es gibt Schinken, – große rotweiße Schinken mit braunen Schwarten auf weißen Papierservietten. Es ist ein Anblick, der einem das Herz im Leibe hüpfen machen könnte, wenn der Magen das fünffache Fassungsvermögen hätte.

Mein Freßkumpan hockt noch wie ein gewaltiges Fleischmonument mit vorgesunkenem Kopf auf seinem Stuhl, während grünblau schillernde Fliegen sich zwischen den Borsten seines fettglänzenden Bartes gütlich tun.

Ich mache, daß ich davonkomme, ehe er erwacht, um mich von neuem zu traktieren, und strecke mich hinter dem Haus in eine Wiese. – Neben mir blüht weißer und roter Oleander, blühen rote Salvien, drängen sich gelbe und rosarote und fast schwarze Malven, und Fleißiges Lieschen wuchert in dicken, fetten Büschen, zwischen denen sich Winden hochranken, deren Blüten so samtig sind wie Schmetterlingsflügel. – Nun, da mein Magen voll ist, trinke ich mir die Augen satt an der glutenden Farbenfülle und werde ganz taumelig von der Herrlichkeit dieser Erde, die aus ihrer Fülle das Kostbarste verschwendet und mir die Freuden geradezu in den Mund schiebt, ohne daß ich etwas dazuzutun brauchte.

Der Butschetsch steht mit seinem runden, grünen Haupt groß und klobig gegen den tiefblauen Himmel, an dem sich die weißen Wolken aufwulsten wie riesenhafte Blumenkohle. – Die Erde hat eine ihrer herrlichsten Stunden! – Sattheit, Glanz und Herrlichkeit – es ist gar nicht zu sagen!

Zum Abendessen versammelt sich wieder alles im Saal. Es gibt Kalb- und Schweinefleisch und ganze Schnüre von Bratwürsten. Dazu Geflügel, Gurken, alle möglichen Salate, duftende Kuchen, Weine, Schnäpse und Bier.

Es riecht nach Braten und Schweiß, nach Bier und Qualm und vielen anderen Rüchen. Es wird gejuchzt, gebrüllt, gesungen und getanzt.

Den Mädchen leuchtet der Geist des Weines von den Wangen. Glänzend und strahlend sitzen sie an langen Tischreihen – wie blankgeschleckt – und halten ihren braunen und blauen Augen nicht mehr die Zügel.

Die Musiker saufen und saufen. Doch sie raffen sich immer wieder auf, und nun einigen sie sich nach ein paar regellosen Versuchen auf einen hüpfenden Walzer, und als die ersten Paare sich im Kreis zu drehen beginnen, habe ich auch schon ein Mädchen im Arm, und nun hebt eigentlich das Fest erst richtig an!

Zwar will es zuerst gar nicht gehen. Die Musik

nimmt es mit den Takten nicht mehr so genau, und das Mädchen ist voller Hartnäckigkeit und Eigenwillen und hüllt sich beharrlich in dichtes Schweigen. – Doch als wir zum zweiten Mal durch den Saal tanzen und ich nicht ablasse, ihren Blick zu bedrängen, den sie immer seitab gefangen hält, läßt ihr Widerstand allmählich nach, ich drücke sie fester an mich, fühle ihre Weichheit, und bald finden wir uns in Schwung und Schweben. Und es ist ein Taumel und eine Seligkeit.

Vorübergleitende Paare rufen und nicken uns zu, und mein Mädchen wird rot bis unter die Haarwurzeln. – Vielleicht hat sie einen Schatz im Dorf. – Mag sein, doch jetzt gehört sie mir. – Sie heißt Johanna, und ihre Haare duften, und ihre Wangen blühen. Ihr Herz kann ich an einer kleinen Ader an der Kehle klopfen sehen.

Auf einmal entsteht Gedränge und Geschrei in der Mitte des Saales. Wir steuern auch hin, und da liegt wahrhaftig mein Freßkumpan mit ein paar anderen, die er im Fallen mitgerissen hat. Das kommt davon, wenn man sich so voll auf Schwung und Ehrgeiz besinnt und ein Tänzchen versucht, und nun ist die Reihe an mir, über den unbestrittenen Freßsieger zu triumphieren.

Doch die Musiker greifen nach der vielbelachten Störung schon wieder zu den Instrumenten, und ein neuer Walzer klingt auf. Vorsichtig drehe ich mein Mädchen durch das dichte Gewoge und nütze dann einen freien Platz in einer Ecke zu schnellen, wirbelnden Schwüngen, vor denen die anderen Tänzer erschreckt zur Seite weichen und uns noch mehr Platz machen.

Beflügelte, beseligte Stunde! Ich muß juchzen und schreien vor unbändiger Lust! Und mein Mädchen ist leicht wie ein Federchen! Oho, oho, – wie unvorsichtig sie ist! Wie sie immer weicher wird und sich immer stärker in den Schwung schmiegt!

– »Johanna, du bist das schönste Mädchen im Saal! – Johanna, du! – Du bist der zweiten Schöpfung entsprungen! – Ja, ja – aus der starken satten Erde dieses Landes geformt und vom Odem Gottes belebt! – Ja, ja Johanna! – Paß auf! – Ja, – ist das ein Glück, daß mich der Zufall hierhergeführt hat!«

Ballgeflüster, lose Reden. Nun flieht ihr Blick! – Nein, nicht reden! – Gar nichts sagen!

Sie ist dankbar, daß ich sie nicht bedränge, und erwehrt sich nicht des festeren Druckes am Ende des Tanzes.

Und ein Tanz folgt dem andern. Die meisten davon gehören dem Mädchen Johanna, bis sie müde wird und nach der Kühle der freien Luft verlangt. Draußen legt sich die Stille der Nacht nach all dem Lärmenden und Schallenden wie ein blauer dichter Mantel um uns.

Es duftet nach Gras und Erde. Die Äcker atmen, und die Gewächse verströmen ihren Duft. Glühwürmchen schwärmen. Es ist eine warme gute Nacht.

Da überkommt es mich wie ein großes Erstaunen, daß ich jetzt nicht daheim in Deutschland, sondern irgendwo in Rumänien bin – an einem Wiesenrain mit dem Mädchen Johanna! Und morgen werde ich schon weiterfahren, – dem Schwarzen Meer zu. »Weißt du davon, Johanna?« Sie hockt neben mir im Gras und ist weich und still. Die Dorfuhr schlägt jetzt: drei dünne und dann vier schwere Schläge. Bomm bomm bomm bomm! – Beim letzten Schlag fällt ein Stern vom Himmel, als wäre er aufgeschreckt worden. – Das Mädchen Johanna schaut seiner goldhuschenden Bahn nach – immer noch, als sie schon längst verglüht ist, dann seufzt sie tief und lang, und es klingt wie Schmerz und Seligkeit zugleich.

Die Fahrkarte der ONT macht
eine Reise mit mir

Ich fahre mit dem Motorzug Fagarasch zu.

Es ist wieder ein strahlend blanker Tag. Am Himmel tragen die Wolken große Schlachten aus. Vielfach gestaffelte leichte Schwärme drängen in Keilordnung gegen trotzige weiße Türme an. Dünne Zirren fliegen über die wuchtigen Wolkenfesten hin, und die Sonne schießt ihre Strahlenlanzen hinein. Die Erde aber spiegelt die reine Helle des Himmels wider. Saftig leuchtet das Grün der Wiesen, ab und zu unterbrochen von einem Streifen rötlicher Erde oder einer dunkleren Baumgruppe. Gelb brennen die Maisfelder, und weiß leuchten die Wände der Häuser. Ein Fluß zieht sich durch das Land und läßt seine kleinen Wellen mit blitzenden Spiegelungen spielen. Schwarze Büffel weiden im Verein mit braunweißen Kühen und glänzenden Pferden an seinen Ufern. Nun taucht hinter weiten, noch grünen Maisfeldern ein Dorf mit roten Dächern zwischen großen dunkelgrünen Bäumen auf. – Als beständiger Hintergrund bleibt aber immer die grüne Fläche der Karpatenberge hinter den stetig wechselnden Bildern und gibt der Land-

schaft eine große, beziehungsvolle Geschlossen-
heit.

Ich bin froh, daß ich nicht zweiter Klasse fahre,
wie man allgemein dem Reisenden rät, denn in
meinem Abteil ist die seltsamste Gesellschaft
versammelt, mit der ich je fuhr. Ich sitze mitten
unter dem Volk, zwischen Menschen, deren Gesichter Mühsal, Not, Ergebenheit, Trotz und
Verschlagenheit, Schönes und Häßliches, aber alles stark und ohne Schminke zeigen. Hier und
nicht auf den Boulevards von Bukarest finde ich
Rumänien.

Neben mir sitzt eine Bauernfrau, auf dem Kopf
hat sie einen Strohhut fast so groß wie ein Wa-
genrad. Das braune Gesicht darunter ist zer-
furcht und verhärmt, voller Größe und Schicksal.
Alles hat sich auf ihm eingezeichnet, Not und
Wohlsein, Bitternis, Enttäuschung, Süchte und
Leidenschaften. Es ist eine vielfach durchpflügte
Fläche, die Durchlebtes noch sichtbar bewahrt.
Es sind auch noch Holzfäller im Abteil mit weißen, eng anliegenden Leinenhosen und weiten
Kitteln. Sie haben breite, rote, grobgewebte Bänder um den Leib gewunden und auf dem Kopf
kleine spaßige schwarze Hütchen. Sie betrachten
mich mit unverhohlener Neugier. Dann kramen
sie aus kleinen Beuteln ihren Mundvorrat hervor
und machen sich schmatzend ans Essen.

Da bekommt der schweißstinkende Soldat zu meiner Rechten auch Appetit und zieht aus seinem Rucksack ein in fettbeflecktes Zeitungspapier gepacktes gebratenes Huhn, das er zufrieden grinsend neben sich auf die schmutzige Bank legt und mit einem Faustschlag »tranchiert«. Dann pflückt er es mit seinen klobigen braunen Fingern auseinander und reißt das weiße Fleisch mit den Zähnen von den Knochen, wobei er wie ein Raubtier das Zahnfleisch entblößt. Sichtlich kostet er dabei den Neid der anderen aus, die nur Brot und Käse haben.

Ich fühle in meiner Tasche ein paar Kürbiskerne, und damit ich auch etwas zu kauen habe, knabbere ich an ihnen herum. Ja, ja, eigentlich wäre mir auch etwas Richtiges zu essen recht!

»Mensch!« ruft da der Rahmabschlecker, »wir haben ja noch Schafkäse, den uns die gute Frau in Zeiden eingepackt hat! Ja, und dann auch noch einen Klumpen Speck – fünf Finger dick! Herrlichstes krustiges Bauernbrot, Birnen und große rotblaue Pflaumen!«

Ich gebe den Holzknechten etwas davon ab, und nun kauen wir alle mit vollen Backen, während zu meiner Linken eine dicke Frau ihren öligen Zopf flicht.

Jetzt steigt noch eine Trauergesellschaft ein mit groben Kränzen aus Dahlien. Ein Mädchen mit ganz dick geschminkten Lippen ist dabei. Die dunklen Leute drängen sich in eine Ecke zusammen und starren trübselig vor sich hin, während die Holzknechte ihren gröhlenden Spaß darüber haben, daß der Soldat mit einem Hühnerknochen statt der Fensteröffnung meinen Kopf getroffen hat.

Bauern mit Lammfellwämsen sind auch zugestiegen und Bauernweiber mit schwarzsamtenen, goldgestickten Jacken, aber nackten, schmutzigen Füßen. Sie führen in großen Weidenkörben eine ganze kleine Markthalle mit sich: Hühner, schnatternde Gänse, kleine quictschende Ferkel, Melonen, Eier, allerlei Obst, Brot und Töpfe mit Quark und Rahm. – An Kurzweil ist keine Not.

Wenn der Zug eine Weile hält, ist es im Abteil vor lauter Gestank kaum auszuhalten. Ein Bauer hat eine Schnapsflasche vorgekramt und läßt sie nun die Runde machen. Nach der Runde muß ich noch einen Extrateil trinken. Ich bin die Rarität dieses Abteils, und nachdem der Soldat mit den Holzknechten heiser ein schwerfälliges Lied gegröhlt hat, muß ich auch etwas singen. – Ich lege meine ganze Inbrunst hinein, und alle finden es wunderbar.

Über die Karpatenberge schleift ein grauer, zerfranster Regenvorhang. Die Felsen stehen auf einmal steil und dunkel gegen den regenschweren Himmel. Doch über den vielfach geometrisch gegliederten Feldern im Olttal ist noch strahlender Sonnenschein ausgebreitet, während sich über die bewaldeten Hügelrücken auf der anderen Seite dunkle, hin und wieder von einer hellen Insel unterbrochene Wolkenschatten ziehen. Zum Reiz des tektonischen Aufbaus der Landschaft kommt noch so die großartige Verschiedenheit der Beleuchtung. Sie wird so phantastisch bewegt, daß sie von lebendigen Leidenschaften und Erregungen durchströmt zu sein scheint.

Eine nackte braunhäutige Frau mit großen Brüsten sitzt müde vor sich hinstierend an einer Wasserlache. Als der Zug eben vorüber ist, gießt sie sich mit einem hellblauen Emaillescherben Wasser über den Kopf. In der Nähe stehen am Ufer des Olt schwarzbraune, zerlumpte Zelte nomadisierender Zigeuner.

Allmählich mischen sich alle Farben der Landschaft mit schwarzvioletten Tönen. Im Flußtal breitet weißlicher Dunst seine Schleier aus, und bald drängen die Schatten das letzte Sonnenlicht zu kleinen Lachen zusammen, die nun auch verschwinden, als würden sie aufgesogen.

Zwischen den vielen Offizieren, die ihre Säbel

lässig unter den Arm geklemmt tragen, sich grüßen lassen und zurückgrüßen, schlendere ich
durch die abendlich belebten Straßen von Hermannstadt. Obwohl man auch hier fast nur deutsche Worte hört, scheint diese Stadt doch schon
viel fremdes, zwittriges Wesen angenommen zu
haben. Vielleicht mögen aber auch nur die vielen
bunten, fremdsprachigen Lichtreklamen an diesem Eindruck schuld sein.

Meine Zeit ist nun eingeteilt. Ich muß schon in
aller Morgenfrühe zur Bahn. Im Abteil stinkt es
furchtbar. Deshalb nehme ich eine Zeitung als
Unterlage und setze mich aufs Trittbrett. Hier
fährt sichs wunderbar. Auf der anderen Seite
hockt ein Soldat, der jedesmal mit dem gleichen
einfältig zutraulichen Grinsen aufwartet, wenn
ich mich nach ihm umdrehe.

Es wird bald wieder unausstehlich heiß. Solange
der Zug fährt, merkt man davon nicht allzuviel.
Doch er hält auf jeder kleinen Station, und wenn
er einmal steht, dann steht er auch ausgiebig. Seit
einer halben Stunde hält er in Aiud.

Das Klappern eines auf der nahen Landstraße
vorbeiratternden Gefährts weckt mich aus meiner Hitzeschläfrigkeit. Der von flinken kleinen
Pferden gezogene Leiterwagen ist ganz voll Weiber geladen, die die seitlichen Gatter als Sitz be-
nutzen und ihre Köpfe nach der Mitte zusam-

menstecken, so daß man von ihnen nicht viel mehr als die großen Hinterviertel in ihren bunten Röcken sieht. Gelb und gewaltig wie ein reifer Kürbis lastet da ein Hintern auf der Holzstange, der daneben ist rund und rot wie der aufgehende Sommermond. Ein anderer wieder blau und prall wie ein Luftballon. Der vierte ist weiß und massig wie eine zum Platzen dicke Kumuluswolke, und der letzte der mir sichtbaren Seite ist bunt wie der Globus selbst.

Und als ob das noch nicht allerhand wäre für eine kleine Station wie Aiud, kommt auch noch eine halbwüchsige, freche Zigeunerin und zeigt mir ihre nackte Brust, wofür sie allerdings Geld haben will. Abends komme ich nach Klausenburg, in die dritte der deutschen Städte, die an alten internationalen Handelsstraßen im siebenbürgischen Hochland groß wurden und als Verwaltungs-, Industrie- und Bildungszentren große Bedeutung gewannen.

Kaum bin ich in Klausenburg angekommen, muß ich auch schon wieder zur Bahn, und die Eindrücke haften nur wie auf einem schlecht belichteten Film: Ein Zug Soldaten, die von einer Übung kommen, ein krankes Pferd, das sich auf die Straße gelegt hat und sich auch von grausamen Prügeln nicht wieder hochtreiben läßt, viele Offiziere in der abendlichen Stadt, deren deut-

scher Charakter auch bei flüchtigem Besuch
schon sehr verwischt erscheint. Und am nächsten Morgen: Marktweiber in vielen weiten Rök-
ken und bunten Kopftüchern, die ihre Produkte
in handgewebten, schön gemusterten Schulter-
säcken zum Markt tragen. Altmodische Kutschen, die zum Bahnhof rollen, ein dicker Flei-
scher, der in blutiger Schürze den Gehsteig vor
seinem Laden sprengt, und der Kirchturm, der
von der Morgensonne wie von Soffittenlichtern
angestrahlt, in gelber Helligkeit vom Grau des
Himmels absticht.

Ich empfinde jetzt das In-Eile-Sein als häßlichen
Unterton meiner Reise. – Von Klausenburg aus
fahre ich nach Nordosten auf der Sehne des Kar-
patenbogens. Es gibt keine Schnellzüge hier. Ich
muß manchmal lange auf Anschlüsse warten und
finde mich unversehens in Orten ein, deren Namen ich früher nicht kannte, von denen ich auch
nicht mehr sehe als ein paar trübselige Stationsgebäude.

Mein Reiseplan ist längst über den Haufen geworfen. Die ONT hat sich umsonst Mühe gegeben, mir die Zuganschlüsse zusammenzuklau-
ben. Ich nehme die Züge, die gerade fahren, und
empfinde stündlich quälender das grausam
schockernde Rattern, den brutalen Krawall und
das Warten auf öden Stationen.

Auf dem Strom gab es weder Uhr noch Fahrpläne. Jetzt kann ich ohne beides nicht leben und werde gezwungen, unsinnige Gehetztheit zu spüren.

Ich denke auch daran, wie begeistert ich mit dem Ungarn in Giurgiu-Port losfuhr. Ich bin des Fahrens aber längst überdrüssig geworden. Ich bin resigniert wie ein Kind, das von einem stürmisch begehrten Spielzeug genug hat.

Ein Rabbiner mit schwarzem Käppi und einem langen, drahtigen Bart steigt in den Wagen, und für eine Weile bin ich ausreichend mit seiner Betrachtung beschäftigt, was er mit stechenden Blicken erwidert, ehe er aus den Falten seines schmutzigen Kaftans ein kleines Buch hervorholt und sich beim Lesen wie ein Uhu zusammenduckt.

Der Schatten des Zuges flitzt jetzt draußen über weite, herrlich gelbe Sonnenblumenfelder, die bis zu den langgestreckten, im Vorüberfahren eine ständig auf und ab schwingende Hügellinie bildenden Waldbergen reichen.

Als ob ich mich mit dieser Reise einer aufgetragenen Pflicht entledigen müßte, fahre ich ohne Spannung und Erwartung weiter bis nach Dej.

Ich muß auf der kleinen Station so lange auf Anschluß warten, daß es sich lohnt, in den Ort zu gehen. Ich sage »Ort«, denn ich weiß noch nicht, ob Dej ein Dorf ist oder eine Stadt.

Es sind vorläufig noch lange keine Häuser zu sehen. Ich gehe eine schlechte, ausgefahrene Straße entlang, bis plötzlich neben mir eine schief auf den Achsen hängende, schmutzige Kutsche hält, deren Führer sich mit großartigem Pathos erbietet, mich nach Dej zu fahren. Zum Laufen wäre es zu weit. Für 20 Lei würde er mich hinfahren und für 35 auch wieder zurück.

Mich juckt es mächtig, Kutsche zu fahren, und ich steige ein. Hinter der nächsten Wegbiegung tauchen jedoch schon die Häuser von Dej auf, und gleich darauf klappert das Gefährt auf dem Pflaster des Marktplatzes. Da kann der Junge nun Stein und Bein auf den Gauner von Kutscher herabfluchen, es hilft alles nichts, ich stehe auf dem Marktplatz von Dej und werde mit Neugier von den dort versammelten Marktweibern betrachtet.

Und was Dej selbst anbelangt, kann man nur sagen, daß es zu den Städten gehört, in denen man nur leben kann, wenn man einer den Tag völlig ausfüllenden Beschäftigung nachgeht und keine Ansprüche an seine Umgebung stellt.

Langsam bummle ich zum Bahnhof zurück und kann es doch nicht verhindern, daß ich eine halbe Stunde zu früh komme, die ich mit der Erteilung von geographischem Unterricht an den Beamten der Gepäckausgabe zubringe, denn er ist sich nicht ganz im klaren darüber, bis wohin nun eigentlich Deutschland reicht.

Der Wagen sitzt voller Räuber. Sie haben nackte Füße und alte, verwitterte Filzhüte auf den Köpfen. Sie starren mich unentwegt an, und in den Betrachtungspausen spucken sie tüchtig auf den Fußboden.

Noch vor Abend komme ich in Bistritz an und suche den deutschen Mühlenbesitzer, zu dem ich empfohlen bin. Ich laufe über breit angelegte, von gepflegten Baumreihen bestandene Straßen, höre deutsche Laute, lese deutsche Namen, komme zu einer deutschen Kirche und gewinne ganz den Eindruck einer deutschen Landstadt, der nur von den vielen Kaftanjuden variiert wird, die hier schwarze Barette, teilweise mit großen Fuchsschwänzen geschmückt, und weiße Söckchen tragen.

Der Müller ist ein freundlicher, vierschrötiger

Mann von offenkundiger Tüchtigkeit. In seinem Drellzeug und den Ledergamaschen sieht er aus wie ein Farmer. Er ist gerade dabei, die Verladung großer Obsttransporte zu überwachen. Es duftet süß nach Äpfeln.

»Das alles geht nach Deutschland!« sagt er mir, auf ein großes Lager schon verpackten Obstes deutend.

»Und es ist alles von deutschen Bauern gebaut!« fährt er fort. »Ja, von den Siebenbürger Sachsen und den Banatern wißt ihr allerhand daheim in Deutschland. Aber die wenigsten haben eine Ahnung, daß es hier oben in Regat, im Altreich, vor allem in der Bukowina, große geschlossene deutsche Siedlungen gibt, die sich durch ihre Wohlhabenheit und Sauberkeit von den rumänischen Dörfern abheben.« – »Schade«, fügt er hinzu, nachdem er sich eine Weile bedacht hat. »Es ist schon spät! – Sie müssen unbedingt nach Windau fahren. Das ist ein typisches deutsches Dorf im Nösner Land, nicht weit von hier. Aber Sie können ja auch morgen früh noch mit dem Rad fahren. Heute nacht bleiben Sie hier.«

»Wo fahren Sie von hier aus hin?« fragt mich der Mühlenbesitzer abends auf der Terrasse des im Kolonialstil erbauten Gartenhauses.

»Wahrscheinlich nach Czernowitz.«

»Da werden Sie sich schön wundern, wenn Sie über die Karpaten fahren. Auf Ihren Plänen ist zwar eine West-Ost-Verbindung in schöner Anmaßung wie eine normale Eisenbahnlinie eingezeichnet. In Wahrheit aber ist es eine von deutschen Truppen im Weltkrieg angelegte Feldbahn, die die Front mit Material und Nahrung versorgen sollte. Sie wird von der sonderbarsten Lokomotive gezogen, die ich je gesehen habe. Die Reise hinauf lohnt schon dieses gottvollen Anblicks wegen!«

Er knabbert eine Weile an einem gekochten Maiskolben, dann erzählt er von einem Raubüberfall auf diesen Zug, den er vor nicht allzulanger Zeit miterleben mußte.

Ich kann nicht umhin, dabei an die Boulevards in Bukarest zu denken, und ich erzähle, wie modern, beinahe metropolenhaft mir Bukarest erschien.

»Bukarest ist ja nicht Rumänien«, entgegnet er. »Bukarest ist das blankpolierte Aushängeschild. Für das Land ist Bukarest die große Autorität, alles, was von dort kommt, ist mit einem Heiligenschein versehen. In Bukarest aber hat man für das Land nur ein Naserümpfen.«

Most wird aufgetragen, und es wird ein schöner Abend. Eine Akazie duftet stark in der Nähe. Am Himmel ziehen große graue Wolken wie Nachtschatten herauf. Immer neue drängen hinter dem Horizont herauf, bis das letzte Licht am Himmel umzingelt ist und erdrückt wird. Motten und Falter flattern um den Schein der Lampe. Vom Nachbarhaus her kommen die Klänge eines schwermütigen rumänischen Volksliedes. Dann tönen langgezogene Trompetensignale von der Kaserne herüber. Zapfenstreich!

Unter dem fletschenden Gebiß eines von der Wand herabhängenden Fell eines Bären, den mein Gastgeber in den Karpaten geschossen hat, schlafe ich ein und träume heftig von Ungeheuern mit Bärentatzen, die den seltsamen Zug anfallen, der noch aus dem Weltkrieg stammt.

Auf einem kleinen Feldweg fahre ich Windau entgegen. Halb versteckt sieht man hier und da zwischen den früchteschweren Zweigen eine Weinhalde, die den Windauern den Haustrunk liefert. Manchmal auch wird der Blick frei, und ferne Hügel zeichnen ihre Konturen scharf wie auf mittelalterlichen Stichen ab, in der Fläche bläulich getönt und durch den immer fahler werdenden Tonwert in die Tiefe hinein sorgsam gestaffelt. Ein Erntewagen kommt mir entgegen, daß ich absteigen und in die Wiese treten muß. Die Schnitterinnen rufen mir im Vorbeifahren von ihrem schwankenden Sitz deutsche Scherzworte zu. – Nun taucht ein spitzer Kirchturm

auf, ein Fenster blinzelt durch den Altweiber-
sommer, und nun sehe ich von weitem auch die
Häuschen, die wie Glucken in der Sonne brüten.
Es ist alles von süßer Heiterkeit beseelt. Ich bin
jetzt nicht mehr tief drinnen in Rumänien, sondern irgendwo in Deutschland, wo es schön und
sehr fruchtbar ist.

Ich bin dem Zug entflohen! Ich rieche wieder
Erde und Gras und spüre ganz tief die Sommer-
stille um mich. Nun finde ich einen großen Apfel
und lege mich erst eine gute Weile in die Wiese
und schaue zu den geflügelten Wolkentieren
hinauf, ehe ich zum Pfarrer gehe.

Der Pfarrer scheint ein passionierter Geschichts-
und Stammbaumforscher zu sein. Er hält mir sogleich einen großen Vortrag, von dem ich nur behalte, daß Windau eine der kleinsten Gemeinden
des Nösner Landes sei, weil Wassermangel und
die unebene Lage des »Hattarts« die Entfaltung
einer größeren Gemeinde verhindert hätten. Sie
gehöre zu den schon im 12. Jahrhundert auf
freiem Boden durch Kolonisten vom Niederrhein
gegründeten Siedlungen und werde 1332 zum ersten Male erwähnt. Unter den 580 Seelen seien
auch 120 hier seßhaft gewordene Zigeuner.

Der Pfarrer führt mich in eine Bauernstube. Die
Leute sind auf dem Feld, nur eine steinalte Frau
ist zu Hause. Sie humpelt uns mühselig entgegen

und freut sich strahlend über den Besuch. In der Stube stehen große Truhen mit liebevoll aufgemalten Rosenranken an den Wänden. In einer Ecke hat sich breit und schwer ein behäbiger uralter Ofen hingelagert mit lebendigen blauen Ornamenten auf weißem Grund und ziegelrot verschmierten Fugen zwischen den Kacheln. Oben an der Wand läuft ringsum ein Bord mit buntbemalten Krügen und Kannen und wunderbar gemusterten, glasierten Schüsseln und Tellern, deren Ornamente voll starker, einfacher Ausdruckskraft sind.

Die dicken geschwärzten Deckenbalken geben den Eindruck heimischer Sicherheit, und die Wohlhabenheit dieses Hauses drückt sich in gewebten Teppichen und Stickereien aus, die an den Wänden hängen und über die ehrwürdigen Truhen gebreitet sind.

»Willst du uns nicht zeigen, was ihr alles in den schönen Truhen habt?« fragt gütig der Pfarrer die Alte, und nachdem wir den schweren Deckel hochgehoben haben, packt sie mit freudigem Stolz eilfertig ihre Schätze aus.

Da kommen wunderbar bestickte, schwere Leinentücher zum Vorschein, bunte Bänder und kostbare Hauben.

»Hier ist die alte Kirchentracht!« sagt der Pfarrer und faltet den »geklaubten« Leinwandrock und die mit Lochstickerei geschmückte Schürze auseinander. »Dazu trägt man diese herrlichen goldbesetzten Gürtel und die alten kostbaren ›Bokkelhauben‹.«

Es finden sich in der Truhe auch noch alte Bücher, eins davon ist mit großem Geschick noch»frakturisch« geschrieben und enthält Napoleonlieder.

Während die Alte mit zittrigen Händen wieder einpackt, erzählt der Pfarrer:

»Es gibt hier noch manche seltsame und wertvolle Bräuche. Schade, daß Sie hier keine Hochzeit erleben können. Die wunderbarsten alten Trachten kommen da zum Vorschein. Der Hochzeitszug wird bei uns geteilt in eine ernste Gruppe der nächsten Angehörigen, die in voller Kirchentracht und würdiger Haltung zur Kirche gehen, und in die lautere Gruppe der weniger nahe Beteiligten, die die Kirche nicht betreten.

Als ein Erbstück der Vergangenheit erscheint bei uns auch die bereitwillige Bauhilfe des Nachbarn, wenn ein Haus durch Feuer oder Unwetter beschädigt wird. Auch Särge der Verstorbenen werden nicht gekauft, sondern von Freunden und Verwandten aus bereitgehaltenen Brettern hergestellt.«

Bis zum Abend sitze ich noch mit dem Pfarrer erzählend unter den uralten Linden vor der Kirche.

In der allmählich über das Land sinkenden Dunkelheit fahre ich nach Bistritz zurück, viele liebevolle Gedanken in dem deutschen Dorf zurücklassend.

Alles fährt mit dem
»Funicular«

Mitten in der Nacht muß ich aufstehen, denn nach Borgo Suseni, wo das »Funicular«, der kuriose Feldbahnzug, abfährt, hat man nur einmal am Tage zu dieser ungewöhnlichen Stunde mit einem Automotorzug Verbindung.

Der Brunnen vor dem Hause gluckst laut. Es ist eine stockschwarze Nacht. Kein Mond am Himmel. Kaum ein Stern. Mein Schritt klingt hart und nachhallend auf dem Katzenbuckelpflaster der breiten Straße, deren niedrige Häuser sich scheu im Dunkel verstecken.

Ich finde den Weg nach dem Bahnhof nicht. Es sieht alles anders aus als am Tage. Eine Katze huscht wie ein schwarzer Schemen durch den Schein meiner Taschenlampe. Ich kann nichts wiedererkennen. Da mischt sich ein näherkommendes Rattern in den Klang meiner Schritte, und ein Ochsengespann kommt mit einer schwankenden Laterne aus einer Nebenstraße.

»Gara?« frage ich den Bauern, der darauf schwerfällig die Ochsen zum Stehen bringt und mir auf meine wiederholte Frage die Richtung zeigt. Ich komme auf eine noch breitere Straße. Im Dunkeln werden ein paar Gestalten sichtbar, die halblaut miteinander sprechen und beständig hinter mir bleiben. Im Licht des Bahnhofs erkenne ich, daß es Soldaten sind. Der ganze Bahnhof ist voll junger, erst halb eingekleideter Soldaten, die alte gebündelte Gewehre mit sich führen. Es sind deutsche Modelle darunter.

Im Führerstand des Motorzuges erlebe ich den Morgen. Ein paar schmale Streifen erscheinen am Himmel. Die Umrisse runder Bergkuppen heben sich scharf davon ab. Die Risse im dunklen Himmelstuch werden immer größer, und ein paar schwarze Wolken treiben wie von ekstatischen Pinselhieben hingeworfen im kraftlosen Blau. Noch lange verharrt der unentschiedene blaue Ton, bis eine kleine Röte im Osten erscheint und bald darauf wieder verschwindet, als wäre sie nur aus Versehen dorthin gekommen. Es drängt sich nun kaltes blaues Licht hinter dem Horizont hoch und bringt ohne Glanz den Morgen mit sich. Lange noch bleibt die Landschaft im grauen, ungewissen Licht: Maisfelder, Obstbäume, terrassenförmig gestufte Hügel, – bis die Sonne über die Berge herüberblinzelt und fürs erste die Kuppeln der gegenüberliegenden Berge mit Licht und Farbe versieht.

Voller Spannung steige ich in Borgo Suseni aus. Auf dem Bahnhof wartet schon ein anderer Trupp

Soldaten, der die neu angekommenen laut begrüßt. – Von dem berüchtigten Vehikel ist vorläufig noch nichts zu sehen.

Doch da rattert es auf den Gleisen hinter mir, und die Soldaten kommen in Bewegung.

Voilà, da steht ja das antediluvianische Ungetüm! Fauchend und prustend und sich über Gebühr wichtig tuend: Ein traktorähnliches Monstrum mit einem riesigen Kühler, dem gegenwärtig das Wasser als zischender Dampf entfährt, ist auf ein aus vielerlei Eisenteilen zusammengeschweißtes Fahrgestell gesetzt, das vorn auf vier niedrigen und hinten auf zwei hohen Rädern ruht, über denen sich der unförmige Führerstand erhebt – beinahe schon zuviel Aufwand für den bescheidenen Zweck, eine ungefüge Zigarrenkiste von Waggon zu ziehen, auch wenn sie durch entsprechende Aufschriften ihre Zugehörigkeit zur rumänischen Staatsbahn sichtbar macht –, der zweite Wagen, ein Fahrgestell mit einer Plattform und einem dürftigen Geländer, kann ja eigentlich nicht mitgezählt werden. Ein Provisorium ersten Ranges!

Einsteigen darf vorläufig noch keiner. Es scheint auch noch ein anderer Zug von hier abzufahren, denn es erscheinen immer mehr Soldaten, die ihre Gewehre zusammenstellen und allerlei Allotria treiben.

Händler auf einer Zugstation,
Feder- und Pinselzeichnung

Nun ist es soweit. Der Schwarm Soldaten verstaut eine Unmenge Gepäck auf dem Anhänger: – Säcke und Kisten. Das dauert eine gute Weile, und allmählich wird mir auch klar, daß hier durchaus kein weiterer Zug abfährt. Es ist geradezu erstaunlich, wie nach langem Hin und Her die unüberbrückbar große Differenz zwischen dem knappen Raum und den vielen Menschen in ein zur Abfahrt ermutigendes Verhältnis gebracht wird. Ich hocke mit einem katholischen Pfarrer und einer flinkäugigen Lady, die sich aus Gott weiß welchen Gründen in diese zivilisationsverlassene Gegend verirrt haben mag, zwischen Schafhirten eingeklemmt, deren verdreckte Hemden furchtbar ranzig stinken, weil sie mit Hammelfett eingeschmiert und dadurch regendicht gemacht wurden. Ein Teil der Soldaten hat sich mit in den Wagen gezwängt, der andere hockt auf dem Gepäck des zweiten Anhängers wie auf einem hochgeladenen Erntewagen und ermuntert den »Zugführer« durch lautes Geschrei zum Abfahren. Aus dem Stationsgebäude kommen noch zwei Fahrgäste und setzen sich zu beiden Seiten auf die Trittbretter. Dann hat der Stationsbeamte noch ein ausschweifendes Palaver mit dem »Zugführer« – und dann geht es tatsächlich los:

Der Motor beginnt asthmatisch zu wuppern, und

mühselig ächzend setzt sich der »Zug« in Bewegung. Doch als er nach den ersten hundert Metern gerade ganz schön in Fahrt gekommen ist, hebt hinter uns ein lautes Pfeifen an, die Soldaten schreien vom hinteren Wagen, worauf die Maschine anhält. Auf der Station winkt der Beamte mit großen rudernden Bewegungen. Unser »Zug« fährt nun wieder rückwärts. Es stellt sich heraus, daß wir noch zwei Kisten vergessen haben. Der Maschinist flucht, daß ich es durch die Holzwand höre, dann fahren wir mit entschlossener Plötzlichkeit zum zweiten Male los.

»Balkanstil!« bemerkt der Realist sarkastisch.

»Nun bekommt diese Reise endlich wieder einen expeditionsmäßigen Anstrich«, sagt der Junge – »ich komme mir gar nicht mehr wie im überzivilisierten Europa vor, sondern wie irgendwo im Innern Brasiliens!« Und seiner Phantasie die Zügel schießen lassend, erkennt er Haziendas in den Siedlungen und blickt über Kaffeeplantagen anstatt Maisfelder. Die Leute um ihn herum aber sind kraushaarige Neger, die mit der Feldbahn zur Arbeit fahren, und die sengende Sonne leistet seiner Phantasie Vorschub.

Der Realist jedoch meint trocken: »Dieser Zug entspricht durchaus den Vorstellungen, die ich von der Aufmachung meiner Reise hatte, ehe mich die rumänische Regierung zu einer übermäßig hohen Einschätzung dessen, was mir zukommt, gebracht hat!«

Je höher der Zug im waldbedrängten Tal emporklimmt, desto kahler und runder werden die Berge, wie breitgedrückt von der Last des unermeßlich blauen Himmels und rundgeschliffen von den hier oben wohl immer wachen Winden, und der Tagausbeuter schwärmt: »Wie licht und klar! Alles wie mit Silberstift gezeichnet! Und die kleinen schindelgedeckten Hütten stehen im sonnenhellen Gras, als wären sie nur hingesetzt, um etwas Freundliches, Menschliches ins Bild zu bringen. Und dieser Wasserfall da hängt wie ein alter weißer Bart im Gefels. – Man müßte hierzu eine Musik machen mit Pauken und Trompeten. – Etwas Lautes und Schmetterndes. Jubelndes, Lustiges.«

Da sieht er auch schon das messingblinkende Horn an der Seite des Soldaten, der mit umgehängtem Schießprügel als Bewachung gegen die bösen Karpatenräuber mitfährt, und fordert insgeheim den Jungen als den Kecksten auf, ein übriges zu tun, und ihm gelingt es auch bald, mit freundlich anbiederndem Grinsen und eindringlichen Gesten den Soldaten so weit zu bringen, daß er das gelbe Horn ansetzt und ein paar ganz hohe singend helle Töne zu den faulen Wolken hinaufschickt. – Die anderen Soldaten finden das aber genauso großartig wie ich, und nun muß der Wachtposten, ob er will oder nicht, einen Marsch nach dem anderen blasen.

Nun dauert es gar nicht mehr lange, bis unsere Feldbahn nicht weit von einem Barackenlager entfernt hält und die Soldaten lärmend den Waggon um sich selbst und ihr vieles Gepäck erleichtern.

Endlich ist Platz geworden, und ich hocke mich in einer Ecke des offenen Waggons auf große Eisenstangen und andere Gerätschaften, über deren vermeintlichen Verwendungszweck ich mich eine Weile allerlei Erwägungen hingebe, bis mich ein junger mitfahrender Kaplan aufklärt: »Das sind die Entgleisungsstangen, mit denen der Zug wieder in die Schienen zurückgebracht wird, wenn er herausgesprungen ist.«

Da werden wir auch schon alle brutal durcheinandergerumpelt. Ich stürze auf die frettchenäugige Lady zu und sehe dabei gerade noch, wie der Kaplan über meinen Rucksack stolpert und sich längelang hinlegt.

»Da haben wir die Bescherung!« Der Maschinist kommt ohne jegliche Aufregung nachschauen und sagt dem Kaplan irgend etwas auf rumänisch, worauf dieser sich ergebungsvoll lächelnd wieder hochrappelt und mir verdolmetscht, es wäre nichts, nur eine Betriebsstörung. Dann schlägt er ein Kreuz und wischt sich den Schweiß von der Stirn.

Der Zug steht auf den Gleisen. Doch die Maschine streikt. Obwohl der Zug fürs erste nicht weiterzufahren scheint, herrscht bei den Maschinisten keinerlei Ratlosigkeit. Alle ihre Handgriffe machen den Eindruck erfahrener Gewohnheit. Sie stochern mit dicken Drähten in den Ventilen herum und versuchen, das große Schwungrad durchzudrehen, – vorläufig noch ohne Erfolg.

Vor einem Bauernhaus in der Nähe wird ein Ochse beschlagen. Er ist zwischen Balken so ein geklemmt, daß er sich nicht wehren kann und mit wutgeröteten Augen die Prozedur über sich ergehen lassen muß. Ich schaue mit dem Kaplan zu, bis die Maschinisten winken.

Wir fahren nun direkt auf der Landstraße mitten durch ein Dorf. Die niedrigen, blau oder weiß getünchten Häuser tragen rauchgeschwärzte Schindeldächer wie unförmig große Hüte. An beiden Giebeln sind kleine geschnitzte Holzkreuze angebracht. Die meisten Höfe haben wuchtige, vielfach mit Kerbschnitzerei geschmückte Tore, die aus drei starken, den Eingang in zwei ungleiche Öffnungen teilenden Pfosten mit einem breit überhängenden Schindeldach bestehen, das dem Torbau ein massives

Aussehen verleiht. In den Gärten stehen hin und wieder blecherne Kruzifixe.

Ganz langsam keucht die Maschine die Serpentinenstraße hinauf. Unten im Tal windet sich der Fluß Tihuta. Bauern mit Korbwagen kommen uns entgegen. Drei barfüßige Hirten halten mit uns Schritt. – Da klettere ich auch herunter, lasse schneller laufend den Zug hinter mir und beziehe an der nächsten Krümme Posten, um das heranfauchende Ungetüm auf den Film zu bekommen.

Dann schneide ich eine Serpentine ab und kann eine gute Weile im Gras sitzend warten, bis die Nuckelpinne die Kurven ausgefahren hat, worüber der Junge sich gar nicht genug ergötzen kann, denn bisher hat er es noch nicht erlebt, daß er einem Zug gemütlich vorauslaufen konnte.

Dichter Wald nimmt nun die Straße auf. Wir fahren eine Weile auf ebener Strecke, dann senkt sich die Straße in ein Tal, und als ob unsere Maschine nun zeigen wolle, daß sie auch zu schwunghaftem Geratter fähig ist, läuft sie auf einmal in einem so gewagten, auf alle Bremswirkungen verzichtenden Tempo, daß unter den Reisenden eine starke Tendenz von der Wagenmitte weg zu den leicht überspringenden Seitengeländern besteht, was durch plötzlich geheucheltes Interesse an der Landschaft nur mühsam verdeckt wird. – Baumstämme fetzen vorüber, auf der Straße schreit jemand »Hoi jo!« Der Waggon schleudert, daß ich mich fest einstemmen muß, – der Begleitposten aber grinst nur – und da grinse ich auch.

Die gute Laune nützt
sich ab

Von Dornisoara ist nicht mehr zu sehen als riesige Holzstapel. Über die Aufenthaltsdauer an diesem wenig unterhaltsamen Holzstapelplatz bekomme ich nur ausweichende Antworten, aus denen höchstens die unwahrscheinliche Minimalzeit erfahrbar ist, – und die ist auch nicht unbedeutend.

Das hat eben alles seinen Sinn und seine Ordnung, denn schließlich will der dicke Rumäne am »Buffet« auch etwas verdienen.

Es ist recht langweilig. Von Zeit zu Zeit kräht irgendwo ein Hahn. So genau habe ich noch nie einem krähenden Hahn zugehört. Es scheint ein sehr alter Hahn zu sein. Ich habe den Eindruck, als ob ihn das Krähen allerhand Anstrengung koste. Manchmal trifft er auch den Ton nicht ganz genau.

Die Wolken, die schläfrig am Himmel hängen, lassen sich davon nicht stören. Es ist alles reglos und stumpf. Vor dem »Buffet« döst stumpf und teilnahmslos ein Pferd, als wäre es kein lebendes Tier, sondern eine tote Sache, die man dort abgestellt hat. Die wenigen Mitreisenden haben sich in das Innere des Hauses verkrochen. Der weite Platz ist wie ausgestorben.

Der Zug besteht zum größten Teil aus Holzwaggons. Es ist der einzige Zug während des ganzen Tages. In meinem Abteil sitzen junge Holzknechte mit großen blanken Schlagäxten. Sie knabbern an roten Paprikaschoten und essen Weißbrot dazu. Kaum aber haben wir uns angebiedert, hält der Zug schon wieder, und sie steigen aus. Waggons werden an- und abgehängt, und Holz wird verladen. Vorläufig denkt man gar nicht daran, weiterzufahren. Seit einer Stunde müßten wir in Vatra Dornei sein. Jetzt sind es bis dahin noch 40 Kilometer. Ich kann mich nicht dazu aufschwingen, die Situation unterhaltsam zu finden. Ich wünsche mir vielmehr eine Pistole, um damit auf den Führerstand zu klettern und sie dem Lokomotivführer auf die Brust zu drükken und ihn wie in einem Wildwest-Film anzuschreien: »Fahre, Verruchter, oder du bist ein toter Mann!«

Statt mit Pistolen kann ich mich aber nur mit Gleichgültigkeit wappnen. – Die Stunden grinsen mich an, und meine Reiselüsternheit wird abgetrieben wie ein Droschkengaul.

Ich tue alles sehr langsam, um die Stunden durch das Verschleppen des Tempos genügend auszufüllen. Zuerst trinke ich einen Schnaps ganz allmählich durch den dünnen Spalt zwischen den Schneidezähnen hindurch. Dann hole ich Brot heraus, schneide es sorgfältig klein, klaube meinen Rest Schafkäse aus dem Papier und mache mich trübselig über dieses karge Mahl – mit Sorgfalt und Ausdauer kauend. Währenddessen kommt ein Bahnbeamter und sagt »Zug fährt –« und noch etwas Rumänisches. »Zug fährt –« war als Huldigung für den Ausländer gedacht, und er ist sichtlich enttäuscht, da ich ihm nichts anbieten kann.

Nun hocke ich mich auf einen Holzklotz und beobachte das Verladen der Stämme. Es geschieht ohne sonderliche Eile. Ich habe immerhin schon eine Stunde hinter mich gebracht. – Da merke ich, daß außer mir auch noch der katholische Kaplan wartet.

Aha, denke ich, da ist etwas zu machen! Ich rechne mit einer Unterhaltung von mindestens einer halben Stunde. Es eilt aber durchaus nicht. Er entkommt mir ja doch nicht.

Ich besehe mir also eingehend das Bahnhofsgebäude, den Bahnsteig und den dicken Herrn »Buffetier«. Ich verliere mich so weit in Details, daß ich aufmerksam die Falten seiner Hosen in den Kniekehlen betrachte und dann die Bewegungen seiner fleischigen Daumen beobachte. Es taucht auch noch ein dritter Mitreisender auf. Ein schwerer Bauer in Schaftstiefeln. Er verzieht aber keine Miene, weder zu einer abfälligen noch zu einer beifälligen Kenntnisnahme meiner Gegenwart. Er geht mit wuchtigen Schritten an das »Buffet« und trinkt einen Schnaps. Ich brauche nicht hinzugehen, um mitzutrinken, denn allem Anschein nach werde ich doch auf den Kaplan angewiesen sein.

Etliche Minuten vergehen nun mit Anstrengungen meines Gedächtnisses, in dem ich mir all die Situationen zu vergegenwärtigen suche, in denen ich etwas um ein paar Minuten Zeit gegeben hätte. Da dies aber auf sarkastische Selbstpeinigung hinausläuft, mache ich mich daran, das vermeintliche Alter eines vom Stapel ungebührlich nahe an die Gleise gerollten Stammes an seinen Jahresringen festzustellen. Schließlich versuche ich auch, meine Gedanken ganz und gar von dieser idiotischen Eisenbahnbummelei wegzubringen und etwas gänzlich anderes und Vernünftigeres zu denken. Ich mache mir auch klar, daß ich schließlich manches Mal untätig am Ufer der Donau gehockt hätte in einer Landschaft, die in ihrer großen Öde auch nicht mehr an Interessantem aufzuweisen gehabt hätte als diese Station hier in Rumänien, und daß es nur darauf ankäme, wie man sich zu den Dingen stelle – doch sosehr ich mich auch mit allerlei Spekulationen anstrenge, jeglicher Gedankengang kommt zu der Feststellung, daß dieses bei rechtem Licht gesehen einen schon verrückt machen könnte.

Um diesen unergiebigen Betrachtungen ein Ende zu machen, trinke ich nun doch noch einen Schnaps. Der Rumäne hinter der Theke wirft mir aufmunternde Blicke zu, als er aber merkt, daß ich nicht Rumänisch sprechen kann, verziehen sich seine Mienen zu einem bedauerlichen Grinsen.

Ich könnte mich ja auch nach dem Dorf umschauen, überlege ich mir. Aber der Realist wendet zu diesem Plan ein, daß ein solches Unternehmen mehr als gewagt wäre, denn schließlich könne der Zug auch jeden Augenblick losfahren. Außerdem wäre da ja auch noch der katholische Kaplan.

Es ist, als gingen die Zeiger der Uhr rückwärts. Es wird allmählich Abend. Ich habe nicht Lust, hier irgendwo zu kampieren.

Nun laufe ich den Bahnsteig auf und ab und versuche, ohne meinem Schrittmaß Gewalt anzutun, die schwarzen Striche zwischen den Steinplatten zu treffen.

Da merke ich, daß sich der Kaplan auch dazu entschlossen hat, hier auf und ab zu gehen, vielmehr zu wandeln, denn das trifft eher auf seinen Gang zu.

Rumänischer Bauer bei der Feldarbeit,
Feder-, Tuschpinsel- und
Kreidezeichnung

Es läßt sich nun nicht vermeiden, daß er, nachdem er am oberen Ende des Bahnsteiges kehrtgemacht hat, mir entgegenkommt. Eigentlich hatte ich mir ihn für die letzte Rettung aus der Misere dieses langweiligen Aufenthaltes vorbehalten. Er schaut mich aber hinter seinen dicken Brillengläsern ölig lächelnd an, und ich sehe mich veranlaßt, beifällig zurückzulächeln. Ich wende meine Aufmerksamkeit wieder den schwarzen Strichen zu, und er wandelt meditierend weiter, bis wir uns diesmal in der Nähe des unteren Bahnsteigendes wieder begegnen. Beim drittenmal wird das Lächeln schon recht fadenscheinig, wie durch den Gebrauch abgenutzt. Ich merke auch, wie es mit jedem Male schwieriger wird, ein vernünftiges Gespräch zu beginnen, und richte es so ein, daß ich beim nächsten Mal die Augen am Boden behalte, als suche ich etwas, was ich beim vorhergehenden Gang verloren hätte, und ihn dann leicht anstoße, wofür ich mich entschuldige. Dieses Manöver kommt mir so abgekartet und dämlich vor, daß ich keine weiteren Worte finde. Der Kaplan sagt aber schon, daß dieser Aufenthalt sehr häßlich wäre, ich sage ihm, daß ich ihm beipflichte. Dann behaupte ich, es wäre geradezu zum Ausderhautfahren, worin er mir beistimmt. Eine Weile tratschen wir noch in abgegriffenen Gemeinplätzen hin und her, die sich alle auf die schlechten Zugverhältnisse beziehen, dann fragt er mich:

»Was hat Sie denn eigentlich hier herauf geführt?«

»Schwer zu sagen, – eigentlich nur die Fahrkarte in meiner Tasche. Keinerlei nutzbringende Betätigung. Ich bin nur dazu qualifiziert, im Lande herumzureisen und meine Erwartungen enttäuschen oder übertreffen zu lassen und meine vorgefaßten Meinungen zu korrigieren. Wenn ich klar sagen soll, was mich hierher treibt, so wäre ich in Verlegenheit, und es ist ein Glück, daß Sie nicht der Engel des Herrn sind, dem ich über den Verbleib meiner guten Tage Rechenschaft schuldig bin.«

Entweder versteht der Kaplan nur die Hälfte meiner Rede, oder er kann sich gar keinen Vers darauf machen. Er schaut mich eine Weile entgeistert an, dann hat es den Anschein, als suche er sich zu erinnern, wo er mir schon einmal begegnet sein könnte, und schließlich einigen wir uns darauf, zur Theke zu gehen und etwas zu trinken. Ich sage ihm, daß der Buffetier nach meinem Dafürhalten eigentlich Prozente an die Caille Ferrate Romane abgeben müßte, weil sie die Reisenden geradezu zwänge, bei ihm sein Geld loszuwerden, – da versteht er mich wieder ganz ausgezeichnet. Nun trinken wir drei

Schnäpse oder vier, und dann beschreibt er mir meinen weiteren Reiseweg. Er sagt auch, in Rumänien würde jetzt alles anders, die Korruption und die Bummelei würden sicher verschwinden, denn an viele leitende Stellen hätte man jetzt vertrauenswürdige Militärs gesetzt, die mit strengen Maßnahmen durchgreifen würden.

Schließlich hat man sich aber doch entschlossen, das Auf- und Abladen des Zuges einzustellen und Anstalten zur Abfahrt zu treffen. Wir klettern in ein schmutziges Abteil und machen es uns bequem. Als der Zug aber schon angefahren ist, wird die Tür aufgerissen, und ein ganzer Schwarm von Holzknechten drängt sich laut hin- und herschreiend herein. Das Gesicht des Kaplans erstarrt zu Eis, und ich bedenke die jungen Kerle mit einem aufmunternden Lächeln.

Noch ehe es dunkel wird, erreicht der Zug Vatra Dornei.

Vatra Dornei ist ein wenig amüsanter Badeort mit einer faden, peinlichen Mischung aus rückständigem Landleben und kläglicher Schmalspurzivilisation westeuropäischen Vorbildes.

Ich laufe straßauf und straßab zwischen drittklassigen Läden und Lokalen, die von vielen Juden bevölkert sind. An Melonenschnitten kauend, handle ich unerbittlich lange mit einer alten Bauernfrau um ein leinenes, mit wenig Stickerei besetztes Frauenkleid, das ich um des schönen schweren Leinens willen erstehe.

Wohl ist noch jeder Tag durch besondere Stimmungen und durch bestimmte Ereignisse gekennzeichnet. – In der Erinnerung aber haben sie alle als häßlichen, gleichmachenden Grundton das peinigende Gefühl des Übersättigt- und Abgetriebenseins. Die grünen Flächen der Landschaft – Wälder und Wiesen –, sie sind wie eine starke Untermalung, auf die alles andere, Menschen, Siedlungen, Landschaftsformen, nur schwach auflasiert sind. – Das Grün ist so wesentlich wie vordem die himmelspiegelnde, sonnenblitzende Fläche des Stromes vor meinem Bug. Es ist ein feuchtes und starkes Grün, das aus sich herausleuchtet, denn die hinter tief schleifenden Wolken hängende Sonne kann es nicht mit blendendem Licht schwächen oder dörren.

Ich stehe am Fenster und lasse die grünen Flächen an mir vorüberziehen. Ich weiß noch nicht, wo ich aussteigen werde, die Orte erscheinen alle gleich fremd. Ihre Namen sind verschlossen und abgewandt und erwecken keinerlei Vorstellungen.

Ich starre in die Gesichter der Bauern um mich und bin doch eigentlich teilnahmslos und gleichgültig wie sie selbst. Mir ist es jetzt nicht mehr ums Schauen und Erleben. Die Augen brennen mir vor Müdigkeit, und ich sinke eine Weile in Schlaf, bis mich ein Soldat hart anrempelt, weil er einem alten, verdorrten Weib Platz machen muß, das auf allen vieren wie ein geschlagener Hund durch die offene Durchgangstür hereingekrochen kommt. Sie hebt ihr ganz antlitzloses, gleichsam ausgelöschtes Gesicht auf, zwinkert mit brandigen, wimperlosen Augenlidern, zischelt irgend etwas mit ihrem zahnlosen, sabbernden Mund und weist mitleidheischend einen verkrüppelten Arm vor, der wie mumifiziert aussieht. Eine Sehne geht direkt von der Handwurzel zur Mitte des Oberarms. Dazwischen ist braune Haut wie auf einem Trommelfell ausgespannt. Die Leute um mich werfen ihr kleine Kupferstücke zu, die sie aus dem Schmutz des Wagens zusammenklaubt. Es ist wie eine grauenhafte Kubinsche Vision; es gelingt mir nicht, meinen Blick in die grüne Landschaft hinauszuzwingen, ich muß mir das Gebresten der Alten betrachten, bis ich mit Widerwillen ganz angefüllt bin.

Kaum ist die Alte wie ein verkommenes Tier weitergekrochen, kommt ein anderes Weib mit schiefhängenden Schultern herein und kratzt aus einer schmutzigen, zersprungenen Violine markpeinigende Töne – so metallisch schrill, daß ich es nicht mehr im Wagen aushalte, an ihr vorbei auf die offene Plattform stürze und mich aufs Trittbrett niederhocke.

Hier ist es kalt und windig. Der Zug fährt jetzt auf halber Höhe an einem Talhang entlang. Unten fließt der Pruth. Manchmal öffnet sich die Blende der Wolken ein wenig, und das Licht glänzt silbrig auf den Schindeldächern der Bukowiner Bauernhäuschen unten im Tal. Sie haben keine Schornsteine. Der Rauch der Feuerstatt findet seinen Weg durch die Ritzen zwischen den Schindeln, eins gleicht einem brennenden Weiler.

Jetzt erkenne ich ein Wehr mit einer Floßgasse, und da kommt auch schon ein Floß und schießt durch den hochaufgischtenden Schwall! Das reißt mich wieder hoch! Ich schreie und winke und möchte am liebsten vom Zug springen und mit dem Flößer den Pruth hinabschwimmen. Oh, diese elende Eisenbahnzockelei! Fluch und Schande! Da unten strömt der Fluß, und mein Boot liegt in Bukarest, fein verpackt! Ich beneide im Augenblick keinen Menschen so wie diesen Flößer, der schon wieder hinter einer Krümme verschwindet, und mein Blick kommt nicht von der silbernen Ader des Flusses los und schätzt jede Kehre und jeden Schwall ab, als säße ich in meinem »Stups« und nicht in dieser ratternden Nuckelkiste.

Bauer am Flußufer,
Rohrfederzeichnung

Die Wolken schlurfen immer tiefer über die trübselige Landschaft. Es wird kälter. Wenn ich die
nackten Füße der im Abteil mitfahrenden Hirten
sehe, kriecht es mir frostig den Rücken hinunter.
Ein Soldat liest jetzt aus einer bunt gedruckten
Zeitung für das ganze Abteil vor. Die Kenntnis
der Buchstaben scheint ihm allgemeine Achtung
zu verschaffen, denn er bläht sich auf wie ein
Truthahn und liest mit affektierter Fistelstim-
me.

Eine Weile gebe ich mir Mühe, nicht darauf zu
hören. Dann möchte ich ihn wegen dieser blöd-
sinnigen weibischen Stimme erschlagen. Statt
dessen steige ich auf der nächsten Station aus. Sie
heißt »Campulung«. Das klingt durch den lateinischen Stamm einigermaßen vertraut, und ich
nehme das als günstiges Auspizium hin.

Schwarze, schön gehörnte Büffel mit feuchten
Schnauzen kommen mir entgegen. Die Treiber
tragen weite, halblange Leinenhosen, Leinenkit-
tel und breite Ledergurte, an den Füßen Opanken.

Zwei junge Männer wollen mir den Ort zeigen.
Ich bin sehr müde und lasse mich nur wider Willen mitschleppen. Wir dringen in dunkle Kirchen
ein, in denen goldene Ikonen dämmern. Auf einer
staubigen Straße wandern wir schließlich aus
dem Ort hinaus. Nach und nach bekomme ich

aus ihnen heraus, daß wir zur »Todesecke« wollen. Ein Umkehren gibt es nicht mehr. »Da vorn ist es schon!« sagen die beiden, und nach einer guten Weile nochmals: »Da vorn ist es schon!« Endlich sind wir da, an der »Todesecke«. Es handelt sich um einen schrankenlosen Bahnübergang, und ich erfahre, daß hier schon eine erkleckliche Anzahl von Gefährten mit dem Zug zusammengestoßen ist. Erst ganz kürzlich wieder. Mit dem Verständnis von Beamten eines Überfallkommandos schildern mir die beiden sich überbietend den Hergang des Unglücks. Dann wandern wir zurück – den ganzen langen Weg.

Die beiden führen mich zum Pfarrer, der mich zum Abendessen einlädt. Mit Leichenbittermiene teilt mir die dicke Köchin mit, daß ich mir einen sehr schlechten Tag ausgesucht hätte. Bedauerlicherweise, denn heute wäre ja Freitag, – Fasttag!

Dann wird aufgetragen. Zuerst gibt es Polenta, die Speise des Landes, und Topfen mit dickem Rahm. Danach in Butter gesottene Spaghetti mit Käse. Danach Forellen mit herrlich gebräunter Kruste – eine ganze Platte voll. Danach Pilze mit köstlichen Omeletts – und schließlich kleine Schüsseln mit verschiedenen Kompotten, alles begleitet vom allerbesten Apfelwein, den der

Herr Pfarrer selbst keltert und der einen großen Ruf im Lande genießt, wie er mir stolz erzählt. Ich hätte nichts dagegen, wenn alle Tage Fasten wäre!

Auch im weiteren Verlauf der Reise wird der Fahrplan durch die Tatsachen durchaus nicht belegt. Die kleinen Bahnhöfe sind wie Stationen auf einem Kreuzweg. Der Zug büßt genügend. Er hält hin und wieder hundert Paternoster lang. »Yes, Sir, hundert Paternoster und noch mehr!« behauptet der Junge.

Pausieren, schlafen, dösen und dann wieder das geschäftige, peinigende Geratter, – so geht das den ganzen Tag! Von mir aus kann es mittags Abend werden! Es ist trostlos. Es regnet. Das Land versinkt trübe hinter schnürendem Dunst. Hütten trauern zwischen Feldern mit halb verfaultem Maisstroh. Vorbei, vorbei! Mir gegenüber sitzt ein alter Kerl in sich zusammengehockt. Er schläft, und die Spucke läuft ihm aus dem halb geöffneten Mund. Sein Oberkörper schwankt im Takt der Gleisstöße hin und her wie eine Wasserleiche im Wellenschlag.

Der Regen flüchtet hinter den Fensterscheiben, Telephonstangen fetzen vorüber, die Landschaft flieht gehetzt.

Aber jetzt springen die Gleise durcheinander! Der Kerl schreckt verschlafen und fassungslos

stierend auf, und der Zug hält ohnedies. – Er ent-
völkert sich für eine Weile, und vor dem kleinen Ausschank entsteht ein Handgemenge um
Schnaps und heißen Tee, der in angestoßenen,
schwarzfleckigen Tassen ausgeschenkt wird.

Das Land ist jetzt flach. Ganz flach. Es erfindet
gar nichts. Die Hütten der Dörfer sind tief in die
Flachheit hineingeduckt, und Regenvorhänge
schleifen über all die Flachheit hin, als wollten
sie das letzte Aufragende wegfegen.

Irgendwo hinter all der horizontlosen Weite muß
das Schwarze Meer liegen. Sonne, Wasser und
Schiffe, – Allerzonendunst! Das geht mir so
durch den Sinn.

In Darmanesti bekommt der Zug Anschluß an
den Expreß »Stefan cel Mare«, der Paris mit Bukarest verbindet.

Ich könnte nun von hier aus direkt nach Bukarest
fahren. In meinem Fahrkartenheft aber ist noch
eine Fahrt nach Czernowitz vorgesehen. Der
nächste Zug fährt nach Czernowitz. Der über-
nächste auch. Die Fahrkarte in meiner Tasche
treibt mich nach Czernowitz. Es ist, als machte
die Fahrkarte die Reise und ich würde nur mitge-
schleppt.

Der Zug nach Czernowitz fährt aber vorläufig
auch noch nicht. Ich stelle mein Gepäck im
Bahnhof ab und gehe in den Ort.

Dorf in den Waldkarpathen,
Rohrfederzeichnung

Darmanesti scheint nur aus Bahnhof zu bestehen, aus Bahnhof und ein paar tief zerfahrenen Lehmwegen, denn die zwei windschiefen Hütten, die wie aus dem Lehm hochgedrückt neben den Wagenspuren in all der triefenden Feuchtigkeit hocken, sind kaum der Rede wert.

Der Himmel verhängt sich immer dichter. Schwere, dunkle Wolkenmassen schieben träge und widerwillig nach Westen ab.

Ich trotte Darmanesti zu, meine Schuhe durch Schlamm und Wasser schiebend. Als ich an einer der Hütten vorbeikomme, höre ich Musik. Nun merke ich auch, daß es eine Schenke ist.

»Gut, da gehen wir jetzt hinein!« sage ich laut zu mir. »Und da schütten wir uns jetzt eine scharfe Sache zwischen die Kiemen.«

Die Wände der engen Stube sind mit blauem Papier ausgeschlagen. Buntdrucke eines lächelnden Mädchens und einer Verherrlichung der rumänischen Armee im Weltkrieg stechen grell dagegen ab. Von ganz oben herab schaut sehr gut rasiert der König Carol auf die rohhölzernen Bänke und die fünf Zigeuner herab, die sich vor dem Regen hierher geflüchtet haben und nun fünfe gerade sein lassen. Sie haben eben im Fiedeln innegehalten. – Jetzt starren sie mich wie eine Erscheinung an, und ich nicke ihnen beifällig zu: »Ja ja, old chaps! Nur nicht breitschlagen lassen! Los, weiterfiedeln! Das ist in diesem Fall das einzig Richtige!«

Nachdem sich das erste fassungslose Erstaunen gelegt hat, bereden sie meine Ankunft ausführlich. Dann fangen sie wieder an zu spielen. Zwei alte Kerle mit stoppeligen Bärten zupfen Gitarre, zwei jüngere haben ihre Geigen vor die Brust gestemmt und begleiten mit dumpfen Tönen die Melodie, die der fünfte spielt, ein kleiner Kerl, der auf einem Stuhl steht und wie ein nubischer Prinz aussieht. Er hat scharfe, beinah stechend scharfe Augen, eine schön gebogene Nase und einen schmalen, geschwungenen, sehr roten Mund. Vielleicht hat auch der König Salomo so ausgesehen.

Er schüttelt seine glänzend schwarze Mähne mit der Bewegung eines störrischen Fohlens aus der Stirn und beginnt wild drauflos zu geigen. Der dünne Körper des Kleinen schwingt und stößt im Takt der Musik mit, und es ist, als wäre die Musik jetzt ein lebendiges Wesen, das sich des Kleinen nur als Werkzeug bedient. Er ist wie verhext, wie besessen, wie von der Musik unterjocht, und die anderen vier fügen sich willig in die Melodie. Für eine Weile hören sie auf. Der Kleine setzt sich auf seinen Stuhl. Sie reden kaum miteinander. Schließlich läßt der Älteste einen brummenden Zuruf hören. Der Kleine steigt wieder auf den

Stuhl und beginnt zu geigen, und die anderen fallen ein. Ohne Abmachung wissen sie, wohin die Melodie sie führt.

Der Expreß hält nur, damit ich einsteigen und ein gehetzter Ober zwei Gläser Bier verkaufen kann, die er schon seit einer Viertelstunde bereit hielt.

Das schwarze Czernowitz hat
Trauerfahnen ausgehängt

Nun stehe ich auf dem Bahnhofsplatz von Czernowitz. Er ist schmutzig und grau; ich habe sofort den Geschmack von Rauch und Ruß im Mund. Mürrische, freudlose Menschen drängen an mir vorüber. Die Bauern haben Felljacken an und dicke wollene Socken in den Schuhen. Ich muß an die Gluthitze in Bukarest denken. Es wird mir auch klar, wie weit ich nun wieder nach Norden gefahren bin. Die russische Grenze ist nicht fern. Es ist eine Tagesreise bis zur Donau zurück!

Immerhin soll es hier ein Metropolitan-Palais und eine Universität geben. – Ein Droschkengaul zockelt in einem seltsam gedrehten und gebrochenen Trab davon, als wollte er über seine Beine stolpern. Nun fällt er in Schritt und zieht sein klappriges Gefährt eine steile Straße hinauf. Diesen Weg muß ich auch einschlagen.

In der Bahnhofsgegend sind fast alle Städte widerwärtig. In Czernowitz ändert sich aber auch der erste Eindruck nicht, wenn man mitten in der Stadt ist. Die Häuser sind ohne ästhetische Rücksichten durcheinandergebaut, graue, häßliche Fronten mit kümmerlichen Läden, aber anmaßenden Reklameschildern.

Eine elende Straßenbahn quietscht aufreizend. Die Leute scheinen hier alle Ignaz, Pepi, Isidor oder Moses zu heißen, und da Sonnabend ist, haben fast alle Läden geschlossen. Stumpfgraue Rouleaus sind überall heruntergelassen, wodurch die Häuserfronten noch verschlossener und trister erscheinen.

Es ist ein freudloser Tag, und die Stadt weiß der trüben Stimmung des Himmels, der wie ein verwaschener alter Lappen oben zwischen den Straßen hängt, nichts entgegenzusetzen. Auf schlechtgepflasterten Straßen gehe ich über einen Markt, an dem nur Weintrauben feilgehalten werden, hinauf zur Universität.

An schwarzgrauen Leitungsmasten kleben schwarz umränderte Plakate. Es sind Leichenplakate. Man kann darauf lesen, daß ein berühmter Theologe der Universität gestorben ist. Das paßt zu diesem Tag, der nur trübe Empfindungen erpressen kann.

Kalte, öde Friedhofsstimmung. Auch die Straßen sind tot. Bis zur Universität begegnet mir kein Mensch. Vor den Fenstern des häßlichen Gebäudes hängen reglose, große schwarze Trauerfahnen.

Ich gehe weiter zum Metropolitan-Palast, den ein

Tscheche aus Backsteinen im Fabrikstil gebaut hat.

Ein schmieriger Wärter mit braunen Zahnstummeln unter seinem grauen, braun angelaufenen Schnauzbart schleicht durch dumpfriechende Räume trübsinnig und wie eingeschüchtert von der Ausgestorbenheit ringsum vor mir her. Er hat eine schwarzseidene, befusselte Schärpe mit langen silbernen Quasten über seinen schwarzen Anzug geheftet und schwere, aus Silberdraht geflochtene Achselstücke auf die Schulter geknöpft. Er geht unter der Würde dieser Embleme gebückt, beinah schleichend über dicke Teppiche, die auch noch den Laut unserer Tritte ersticken. Wenn er hüstelt, ist es mir für Sekunden, als müßte der ganze tote Bau zusammenstürzen.

Wir schleichen wie Eindringlinge von einem Zimmer ins andere. Grau überzogene Stühle stehen herum. Die Königin-Mutter Maria lächelt von der Wand herab ein gefrorenes, süßlich erstarrtes Lächeln, als mache sie sich lustig über diese verlorene düstere Welt, zu der die schwarzen Soutanen der Popen gut passen mögen.

Es ist alles unnatürlich und gestorben. In den Möbeln und Büchern, in den Rahmen der Bilder sitzt der Totenwurm.

Ich fühle, wie jeder Gedanke, der hier gedacht

wurde, an den Wänden hängengeblieben und verfault ist.

Ich kann kaum Atem holen in der stickig dumpfen Luft.

Monoton leiernd erklärt mir der schmutzige Kerl eine Galerie von Erzbischofsbildern, eins langweiliger als das andere. Ich nehme meine Zuflucht zu einem Blick durch die Fenster, aber die Aussicht ist wie hinter die Scheiben gemalt.

An langen Fluchten unschön gedrehter Säulen entlang kommen wir zu einem Nebeneingang der Kirche. Sie ist ganz schwarz ausgeschlagen wie eine schreckliche Gruft. In der Mitte erhebt sich ein schwarzer Baldachin, vor dem ein regloser, langgewachsener Mensch in schwarzem Kleid mit gleichförmiger Stimme Psalmen liest. – Unter dem Baldachin liegt der tote Professor. Er hat ein wächsernes Gesicht und einen großen grauen Bart, den man sorgfältig durchgekämmt und auf das weiße Leintuch gelegt hat. Ich habe das Empfinden, daß auf dem verwischten, ausgelöschten Gesicht Dellen blieben, wenn man darauf drückte.

Ich kann das alles nicht mehr ertragen. Ich bin ganz kaputt. Dem alten schmierigen Kerl drücke ich gleichsam als Bezahlung für diese Schaustellung ein paar Münzen in die Hand. – Dann eile ich hinaus und laufe viele Straßen weit, bis ich endlich merke, daß an vielen Stellen des Himmels kleine Lichtbündel durch den Wolkenvorhang dringen. Es wird heller.

Doch ich habe nur einen Gedanken: Fort, fort, fort! Am nächsten Morgen fährt der Expreß nach Bukarest.

Fischersiedlung im Donaudelta,
Rohrfeder- und Pinselzeichnung,
Sepia

Sinn und Ziel: Das Meer

Durch die unabsehbare Flachlandscheibe der Moldau hastet der Zug nach dem Süden zurück. –

Flach, flach, flach zieht das Land vorüber – horizontlose Weite, sich in grauem Dunst mit dem Himmel vermischend, grenzenlos wie das Meer, – Brachlandflächen, Felderbreiten, Weiden, eine Herde schwarzer Schafe – ein eingezäunter Weingarten – Sonnenblumenfelder – ein ausgetrockneter Flußlauf mit ruhenden schwärzlichen Schöpfrädern – ein umgebrochener Acker – schwarze Büffel – vorbei – vorbei – vorbei!

Ich möchte dem Zug vorausfliegen können. Wie festgekrallt hat sich meiner unbezähmbare Ungeduld bemächtigt. Ich laufe den Gang entlang, als ob ich dadurch die Geschwindigkeit steigern könnte, schleiche leise zurück und stürme dann wieder nach vorn.

Rattattattatta – ans Wasser – an den Strom – ans Meer!

Ich bin abgehetzt, überfüllt, vollgesogen wie ein Schwamm. Mich gelüstet nicht mehr nach der Vielfalt ständig wechselnden Erlebens, nach Spannungen, Erregungen, Wirbel und Tollheit.

Mir ist es überhaupt nicht mehr ums Schauen. Es treibt mich zurück zum Wasser. – Rumänien liegt schon hinter mir.

Doch als ich, des Auf- und Abwanderns müde, mich in eine Ecke des Abteils werfe und vor Erschöpfung in Halbschlaf sinke, erwachen quälende Vorstellungen, und Gestalten, die mir begegneten, finden sich zu seltsamen Verbindungen zusammen: Durch die schwarz ausgeschlagenen Straßen von Czernowitz wird der tote Professor getragen. Vor dem Leichenzug schreitet gravitätisch der Budapester Polizist, ihm folgt der schnauzbärtige Beschließer des Metropolitan-Palastes, der seine befusselte Schärpe wie ein Ordenskissen dem Sarge voranträgt. Als Klageweiber treten Mädchen vom Croce di piadre auf, die sich die Lippen schwarz geschminkt haben. Am offenen Grabe beginnt auf einmal die Alte mit dem verdorrten Arm auf ihrer freiliegenden Sehne wild zu geigen und den Professor in die Verdammnis zu wünschen. Als schon die Kerze seiner Seligkeit zu flackern beginnt, erscheint der kleine König Salomo und geigt eine so süße, schöne Weise, daß sie sich wie in Verzückung hin- und herbiegt und dann groß wie eine Pinie emporwächst. Da überzieht auf einmal das Gesicht des toten Professors ein häßliches, höhnisches Grinsen, und er bläst selbst die Kerze aus.

Ich wache darüber auf. Doch das Bild des toten Professors läßt sich nicht mit dem anderen Spuk verscheuchen, sondern sein Gesicht erscheint wie die Spiegelung meines eigenen auf der Fensterscheibe und grinst. – Ich muß freundliche Szenen heraufrufen, um die böse Gaukelei zu vertreiben. Oh, ich brauche in der Erinnerung nicht zu suchen: Da ist das Lagerfeuer der Zigeuner in Bukarest und der Tanz der Jungen in der Karpatennacht. Und nun steht auch das Mädchen Johanna mit glühenden Pfirsichwangen und halb geöffneten feuchten Lippen vor mir, und vor ihrem Blick weicht der böse Spuk wie die Mächte der Finsternis vor dem Engel des Herrn.

Bacau liegt schon hinter mir. Es ist, als ob der Zug die Gleise mit geschäftiger Verbissenheit in sich hineinfräße und hinten wie einen Spinnfaden wieder herausspulte. Eine Station taucht auf, – ein verwahrloster Bahnhof, Bretterwände, hinter denen ein paar Schindeldächer mit ihren Firsten hervorgucken. Zwei schwarze Kutschen stehen auf der nassen Straße. Der Zug hält so lange, als wollte er überhaupt nicht weiter.

Jede Raddrehung bringt mich dem Meere näher. Jeder Gleisstoß ist wie die Lockerung einer Umschnürung. Der dumpfe Druck löst sich – ich fahre heimwärts zum Strom!

Zum Meere fahre ich, zum Ursprung aller Dinge!

Eilfertig läuft der Fries der Felder, von Telegraphenstangen überhuscht, draußen ab. Zur Rechten lösen sich aus dem Dunst die Konturen ferner Höhenzüge. Die Karpaten!

Doch mich drängt es immer wieder, zur anderen Seite hinauszuschauen. Dort ist nichts zu sehen als Grau, Gelb und fahlbläulicher Dunst mit ein paar verschwommenen Wolken darin. Doch hinter den sandigen Öden Bessarabiens breitet sich das Schwarze Meer, Meer der großen Grenze, halb Europa und halb Asien gehörig, in unendliche Ebenen eingebettet, voller Fremdheit und dunkler Lockungen.

Buzau! – Ploesti! – Der Ring ist geschlossen. Ich fahre nun den gleichen Weg zurück, den ich gekommen bin. Die Müdigkeit fällt von mir ab. Bukarest kommt näher. Ich bin der Städte und der vielen Menschen so müde. Boulevards – Läden – mondäne Frauen – was soll mir das jetzt? Die Stadt Bukarest ist nur eine gleichgültige Station auf meiner Reise zum Strom.

»Fort fort fort«, rattern die Räder. Zurück zum Strom! Zum Meer! – Am Spätnachmittag komme ich auf dem Gara de Nord in Bukarest an. Als ich erfahre, daß in wenigen Stunden der Pulman-Zug nach Constanza fährt, gibt es für mich keine Bedenken mehr. Zwar muß ich für den hohen Zuschlag fast meine sämtlichen letzten Münzen opfern, – doch die Möglichkeit, noch in der gleichen Nacht am Meer sein zu können, nimmt mir alle Besinnung.

Es ist schon dunkel, als ich im Salonwagen über die Donau fahre und den Strom zum letztenmal sehe. Donnerndes Tosen weckt der Zug über der Brücke aus den Schienen und eisernen Gestängen und verscheucht mit seinem brutalen Lärm jede Empfindung. – Vorbei! Der Strom ist nur noch ein schwarzer entfernter Streifen in der blauen Dämmerung.

Constanza! – Hotelportiers und halbwüchsige Burschen reißen sich um das Gepäck. Ich komme auf einen hellen Platz. Fremde Sprachen klingen mir ins Ohr. Musik quillt aus hell erleuchteten Kneipen. Vielfache Tischreihen stehen auf der Straße. Mädchen aller erdenkbaren Rassenmischungen sitzen zwischen Matrosen, Soldaten und Offizieren. – Ich haste durch eine dunkle Gasse. Betrunkene Matrosen verstellen mir den Weg. Ein Mädchen schmiegt sich an mich und erheischt mit geöffneter Hand und Geflüster ein Bakschisch. Hart hallen meine Schritte auf den Steinplatten. – Ein kühler Wind weht mich auf einmal an – er trägt den Atem des Meeres. Unruhe überfällt mich. Ich habe mich in den Gassen verlaufen. – Da tutet ein Dampfer! Ich bleibe wie festgebannt stehen, noch hängt ein dumpfer

Nachhall in der Luft. Da tutet der Dampfer zum zweitenmal! – Da, – halbrechts muß ich zum Meer kommen. – Es wird wieder heller, ein weiter Platz öffnet sich. Ein Café mit Palmen in hölzernen Kübeln davor. – Jetzt wird ein großes angestrahltes Gebäude sichtbar, und dahinter erhebt sich, das Dach hoch überragend, in ungefügter Mächtigkeit der Schornstein eines großen Dampfers. – Im Laufen rempele ich einen Kerl an. Hinter mir Fluchen. Beinah stolpere ich noch über eine Schiene – dann fällt der Mauerweg vor mir in schwarze Tiefe ab: – Das Meer!

Ich stehe, mich an ein eisernes Geländer festklammernd, und starre in die Dunkelheit vor mir – noch vom Licht des hellen Platzes geblendet – und mag nichts denken.

Mondschein liegt wie Silbergefleck auf dem Wasser. »Tsch wumm! Tsch wumm!« kommen die Wellen an den Kai. Eine nach der anderen.

»Das ist das Meer! Das Meer! Das Meer!« sage ich halblaut zu mir, und eine große Glückseligkeit überkommt mich. Ich schaue wie gebannt über die dunkle, tönende Fläche, über das unendliche Wasser – das mütterliche Meer – finis terrae. Schwarze Nacht ohne Horizont – es ist des Meeres eigentliche Stunde!

Immer neue Wellen kommen schmatzend heran und sprühen silbernen Mondschaum. – Ich steige eine Treppe hinunter, um das Wasser mit meinen Händen zu fühlen, und als ich den Wellen ganz nahe bin, überkommt es mich unversehens, mich meiner Kleider zu entledigen, um das Meer mit dem ganzen Körper fühlen zu können. – Schon steige ich ins Wasser, lasse die ersten Wellen kalt an mir hochprallen, und nun werfe ich mich kopfüber hinein und schwimme mit starken Stößen in das Nachtmeer hinaus, durch schwarze Wellen und Mondsilber.

Das Meer hüllt mich und wiegt mich. Ich fühle, daß ich dem Herzen dieser Erde nicht näher sein könnte. – Dunkle Kräfte drängen und schmeicheln, ich möchte mich sinken lassen. Doch da kommt eine neue Welle und schlägt mir ein Gesprüh von weißem Schaum ins Gesicht.

Ich sehe das Land nicht mehr. Ich gehöre wieder dem Wasser an! –

Der Zeichner –
auf dem Wasser unterwegs

Heute kann ich es kaum noch glauben, daß ich, als ich zwanzigjährig mutterseelenallein die Donau hinunterfahren wollte bis hin zum Schwarzen Meer, im engen Einer-Faltboot zu der kompletten Ausrüstung – Bergsteigerzelt, Schlafsack, Primuskocher und so weiter – auch noch meine Fotogeräte und mein Malzeug samt Papiervorrat verstauen konnte. Schon damals brachte ich es nicht fertig, im kleinen Format zu zeichnen oder zu malen. Ich brauchte eine ordentliche Malfläche. Weil sich das gewohnte Reißbrett nicht im Boot unterbringen ließ, baute ich mir ein mit Hilfe von Scharnieren zusammenklappbares zurecht. Für das Papier – und dann auch für die fertigen Bilder – ließ ich mir vom Klempner eine ofenrohrartige Röhre aus Zinkblech mit einem abnehmbaren Deckel machen. Den Deckel konnte ich mit Heftpflaster wasserdicht verkleben. Selbst dann, wenn ich gekentert wäre, hätten die Blätter nicht Schaden genommen. Die Zinkrolle war zudem »gesichert«, das heißt: mit einem Tampen an einem Spant festgebunden.

Mein Malgerät nahm zum Glück kaum Platz weg. Der kleine flache Aquarellkasten samt Pinseln ließ sich leicht verstauen, und ansonsten brauchte ich nur noch ein paar Stücke schwarze Kreide und eine Flasche Tusche. Meine Zeichenfedern schnitt ich mir aus dem Uferschilf – Rohrfedern, wie sie schon van Gogh verwendete. Sie geben einen kräftigen Strich, verbieten mühseliges Schraffieren und zwingen zum Umsetzen. Wenn so ein zugespitzter Schilfhalm splissig wurde, schnitt ich mir einen neuen. Trockenes Uferschilf fand sich überall – bis hin zum Schwarzen Meer. Ein schieres Wunder, daß meine Kreide- und Rohrfederzeichnungen und meine Aquarelle von dieser Reise sich durch die Kriegs- und Nachkriegszeit hindurch bis heute erhalten haben.

Frühjahr 1987   *Lothar-Günther Buchheim*

Lothar-Günther Buchheim

Das Segelschiff

Ullstein Buch 22096

Faszinierende Bilder von Bord der »Gorch Fock« brachte Lothar-Günther Buchheim mit, als er mit dem einzigen deutschen Segelschulschiff von den Bermudas nach Boston reiste. Sie zeigen besser, als Worte es vermöchten, die ganze Schönheit, aber auch die kompromißlose Härte des Lebens auf einem Rahsegler. Außerdem beschreibt Buchheim ausführlich Wesen und Segeltechnik eines Windjammers, vor allem aber die Menschen an Bord.

ein Ullstein Buch

ŠIGOR ŠENTJURC
FEUER UND SCHWERT

ROMAN
LANGEN
MÜLLER

Am Beispiel der montenegrinischen Fürstensippe
Bošković und der deutsch-österreichischen
Diplomatenfamilie Meyster erfüllt sich im
Inferno des Ersten Weltkriegs das Schicksal
des alten Europa.

848 Seiten · Gebunden

Langen Müller